मुक्ति

(कहानी संग्रह)

मुक्ति

अखिलेश

वाणी प्रकाशन

वाणी प्रकाशन

4695, 21-ए, दरियागंज, नयी दिल्ली 110 002

शाखा

अशोक राजपथ, पटना 800 004

फ़ोन: +91 11 23273167 फ़ैक्स: +91 11 23275710

www.vaniprakashan.in

vaniprakashan@gmail.com

MUKTI

by Akhilesh

ISBN : 81-7055-741-0

Collection of Stories

संस्करण : 2015

मूल्य : ₹ 150

हर्ष प्रिंटर्स, दिल्ली-110 093 में मुद्रित

वाणी प्रकाशन का लोगो मक़बूल फ़िदा हुसेन की कूची से

विनय प्रकाश जी और गुड्डी
के लिए

क्रम

हाकिम कथा

पुनीत ने तलाक़ क्या दिया, गायत्री काफ़ी कुछ बदल गयी। जैसे कहाँ वह पौधों से बेहद लगाव रखती थी, पर अब उनके पास फटकती भी नहीं। उसे भ्रम होता, पौधे में कोई हरा साँप हिल रहा है। साँप का ही भय नहीं, वह अपनी चारपाई दीवारों से एक हाथ दूर रखती, कहीं छिपकली न गिर पड़े। कभी-कभी वह सारी सीमाएँ तोड़ देती, गर्मी न पड़ने पर भी आँगन में सोती कि कहीं कमरे की छत न गिर पड़े। दिन में वह अकेली रहती और यही सब सोचती। दिन में भी चैन नहीं था।

पुनीत ने उसके दो चिढ़ानेवाले नाम रखे थे—गेंद और ग्रामोफ़ोन। ये नाम प्यार के दिनों की सर्जना थे। गायत्री उछलती-कूदती ख़ूब थी, इसलिए गेंद, और बातूनी भी कम नहीं, इसलिए ग्रामोफ़ोन।

लेकिन अब उछलना-कूदना और बातूनीपन, सब ग़ायब हो गए थे। सभी का ख़्याल रखनेवाली गायत्री को अब किसी से, यहाँ तक कि अपर्णा और संध्या दोनों बेटियों से भी लगाव नहीं रहा। वह मकान और उसके भीतर के क़ीमती सामनों के लिए ही चिन्तित थी।

तलाक़ हो जाने पर पुनीत गायत्री को इन चीज़ों से बेदख़ल करना चाहते थे लेकिन उस दिन गायत्री को विषाद ने इतना पवित्र, निश्छल और सुन्दर बना दिया था कि पुनीत के सामने प्रेम के पुराने दृश्य कौंधने लगे और भावुकता में उन्होंने गायत्री को यह सब उपहार दे दिया। मकान, सामान और दो बेटियाँ सौंपकर वह ज़िम्मेदारी से मुक्त हो गए थे।

बेटियाँ भी बाप पर गई थीं। वैसा दिमाग़ और वैसी ही आत्मा। गायत्री महसूस करती, शुरू से ही दुनिया में अँधेरा ही अँधेरा रहा है। यह सही नहीं था। दुनिया क्या, खुद उसकी ज़िन्दगी में कभी उजाला था। उसने और पुनीत ने प्रेम-विवाह किया था।

पुनीत एक ज़िलाधिकारी की संतान थे, जिसने गुलाम और आज़ाद दोनों ही

सूरतों में भारत सरकार की सेवा अच्छे-बुरे सभी तरीकों से निष्ठापूर्वक की थी। गायत्री अपने पिता की इकलौती संतान थी। बाप ने बनियान के कारोबार से अतुल धनराशि अर्जित की थी। पुनीत ने इस धन के कारण गायत्री से प्यार नहीं किया था। धन नहीं होता, तब भी वह गायत्री से प्यार करते। इतना ज़रूर है कि धन ने उनके प्रेम को टिकाऊ बनाया था। उनमें गायत्री से विवाह करने की लालसा पैदा की थी। सोलह साल की गायत्री का विवाह धूमधाम से हुआ।

पर समय ने पुनीत के साथ बड़ा मज़ाक़ किया। इधर इन्होंने विवाह किया और उधर गायत्री की माँ ने गर्भ धारण किया। समय आने पर गोल-मटोल, गोरा-चिट्टा सुपुत्र पति को सौंप दिया, पुनीत के सपनों की इमारत चूर-चूर हो गई। उन्हें लगता, गायत्री ने उनके साथ धोखा किया है। उनका दिल गायत्री से उखड़ गया।

लेकिन बेटी देकर गायत्री ने पुनीत से क्षमादान पा लिया था। लगभग दो घंटे शब्दकोश देखकर पुनीत ने बेटी का नाम रखा था—अपर्णा। दूसरी बेटी हुई संध्या। फिर तलाक़ ही हुआ।

जाड़े का मौसम था। गायत्री के आँगन से धूप का आख़िरी टुकड़ा भी खिसक गया। वह बुझे मन से उठकर भीतर आई और रजाई लपेटकर आराम से लेट गई। एक अजीब-सी गंध से भरने लगी वह। रजाई के भीतर आते ही उसे पास में पुनीत की अनुभूति होने लगती थी। अचानक वह भय से सिहर गई। हमेशा ऐसा ही होता, रजाई उसे मादकता की नदी में डुबाकर ख़ौफ़ की झाड़ी में फेंक देती थी। वर्तमान का अहसास ख़ौफ़ की झाड़ी ही था उसके लिए। वह रज़ाई से डरती थी, लेकिन उसे छोड़ना भी नहीं चाहती थी।

इसी सप्ताह पुनीत का जन्मदिन था। बेटियाँ जाने की ज़िद कर रही थीं। उसका भी मन था, बेटियाँ पिता से मिल आएँ। वैसे उसके न चाहने पर भी कौन रुकनेवाला था। रज़ाई के भीतर गायत्री का दिल डूबने लगा। बेटियाँ पुनीत की दूसरी बीवी मंदिरा को अपनी माँ बतलातीं। मंदिरा उन्हें लंबे-लंबे भावुक पत्र और क़ीमती सामान भेजकर इस रिश्ते को मज़बूत बनाती, क्योंकि वह डरती थी, लड़कियाँ कहीं फिर गायत्री और पुनीत के बीच पुल न बन जाएँ। उसकी रणनीति थी कि बेटियों और गायत्री के बीच दूरी बढ़ती रहे।

गायत्री बेचैन हो गई। उसे गर्मी-सी लगने लगी। वह रज़ाई से बाहर आ गई। लेकिन बेचैनी का क्या करे ? वह आँगन में पहुँचकर चहल-क़दमी करने लगी। कोई फ़ायदा नहीं हुआ। पास के कमरे में आकर सोचने लगी, 'पुनीत को जन्मदिन पर क्या उपहार भेजा जाए ?' महँगा सामान भेजकर साबित कर दे कि वह किसी से कम नहीं, या कोई मामूली चीज़ भेजकर वह दिखलाए कि उसे पुनीत में कोई दिलचस्पी नहीं, या कुछ भी न भेजकर उसके गालों पर तमाचा जड़ दे।

उसे वे ज़्यादतियाँ याद आने लगीं, जिनके कारण उसे पुनीत से घृणा हुई थी, और जिन्हें अस्वीकार करने पर पुनीत से उसके संबंध बिगड़े थे। पुनीत उसकी शालीनता और भोलेपन पर रीझे थे और उन्हीं की वजह से उन्होंने संबंध तोड़ा।

पुनीत को जल्दी-जल्दी प्रमोशन मिले थे। क्लब, पार्टियाँ वग़ैरह उनके लिए हवा-पानी की तरह ज़रूरी हो गए। वह दूसरों की बीवियों पर रीझने लगे और चाहते, दूसरा भी उनकी बीवी पर रीझे। किसी सहकर्मी, अफ़सर को गायत्री का सान्निध्य देकर उसकी लिप्सा को जगाते फिर हटा लेते। इस खेल में वह असीम आनन्द का अनुभव करते थे। लेकिन बड़े अफ़सरों के लिए वह उदार थे। इतना कि गायत्री की अनुदारता उन्हें काट् खाती थी।

गायत्री नारीसुलभ गालियाँ देते हुए थककर कुर्सी पर बैठ गई, तो अहसास हुआ कि अब तक वह कल्पना की दुनिया में थी। पर अभी उसकी घृणा ख़त्म नहीं हुई। उसका चेहरा लाल होने लगा और वह फिर कल्पना की दुनिया में खो गई, "मुझे डांस नहीं आता था...मुझे चिपटना-सटना नहीं आता था..."

पोस्टमैन की आवाज़ से उसकी तन्द्रा टूटी। बेटियों के आने का वक़्त हो गया था। वह उठ खड़ी हुई। अपर्णा के कमरे में जाकर चादर ठीक करने लगी। नौकरानी की सफ़ाई अपर्णा को पसंद नहीं थी।

चादर ठीक करने के बाद वह बैठकर पैर हिलाने लगी। उसे लगा, पायल बज रही है। उसने अपने को पायल की धीमी रुनझुन को पकड़ने में व्यस्त कर लिया। इस पायल पर वह विशेष ध्यान देती थी। गोया यह बताना चाहती थी कि पुनीत का स्थान अब उसके पैरों में है। उसका दिल थोड़ी देर पायल की आवाज़ पकड़ने में लगा रहा, फिर वह पानी लाने के लिए बोली। नौकरानी पानी लेकर आई, तो वह आलमारी में लगी किताबें गिन रही थी। घूँट भर पानी मुँह में रखकर चबाने लगी। जैसे बच्चे खेल-खेल में करते हैं। इस काम में मन लगाने की कोशिश कर ही रही थी कि पानी गले के नीचे उतर गया। वह नाख़ून कुतरने लगी। कुछ देर कुतरा होगा कि बाहर से लेटरबॉक्स खुलने की आवाज़ सुनाई पड़ी। अपर्णा थी।

छोटे क़द, अच्छे नाक-नक़्श की अपर्णा गोरी, कुलीन और होशियार थी। वह भाँति-भाँति के कपड़े पहनती थी। डाक-टिकटों का संग्रह करना उसकी हॉबी थी। युनिवर्सिटी से आकर घर में घुसने के पहले उसने लेटरबॉक्स का ताला खोला। एक साइंस की पत्रिका थी, जिसका चन्दा उसके पापा ने जमा किया था और जिसे वह कभी नहीं पढ़ती थी। उसने डाक लेकर ताला लगाया। वह चाहती थी, माँ को उसकी चिट्ठियाँ कभी न मिलें और माँ की हर चिट्ठी की जानकारी उसे हो। इस प्रबंध के लिए वह डाकिया को प्रतिमाह पन्द्रह रुपए देती थी।

घर में आकर उसने किताबें फेंक दीं और बिस्तर पर गिर पड़ी। उसकी भवें सिकुड़ गईं, "चादर महक रहा है," आवाज़ में व्यंग्य था।

उसकी बात को अनसुनी करते हुए गायत्री कमरे से बाहर आ गई। उसके जाते ही संध्या पहुँची। वह युनिवर्सिटी से जल्दी लौटी थी।

संध्या की इच्छा हुई कि वह भी बिस्तर पर गिर पड़े लेकिन यह अपर्णा का बिस्तर था। उसे अपनी इच्छा दबानी पड़ी। दोनों बहनों के बीच विशेष यह था कि अपर्णा संध्या को तुच्छ समझती और संध्या अपने को वैसा महसूस भी करती, क्यों क़द में छोटी होने के बावजूद अपर्णा उससे अधिक सुंदर थी।

क़द की कमी से कभी-कभी अपर्णा को बहुत दुख होता था। लेकिन अपने को यह दिलासा देकर संतोष कर लेती कि नई फ़िल्मी नायिकाएँ भी कुछ ख़ास लंबी नहीं। फिर रामबाण ऊँची हीलवाली चप्पलें तो कहीं गई नहीं थीं।

नौकरानी दोनों के लिए कॉफ़ी रख गई। अपर्णा ने संध्या से कहा, "तू अपनी कॉफ़ी उठा और अपने कमरे में जा।"

एकांत पाकर अपर्णा ने अलमारी से परीक्षित की तसवीर निकाली और ग़ौर से देखने लगी। परीक्षित कुछ दिन पहले तक उससे मूक प्रेम करता था और उसे कभी पसंद नहीं आया था। लेकिन समय की ताक़त, वह आई.पी.एस. अफ़सर बनानेवाली परीक्षा में पास हो गया। इसका परिणाम यह हुआ कि अपर्णा को उसका प्रेम अर्थवान लगने लगा। अपर्णा ने यह भी गणित लगाया कि सुंदरता की दृष्टि से उसकी लम्बाई परीक्षित से बहुत ज़्यादा है, इसलिए वह दबेगा। आई.पी.एस. पति दबेगा। वह अपने सामने दरोग़ाओं को एड़ियाँ उठाकर जयहिंद बोलते हुए देखने लगी।

उसने परीक्षित की तसवीर अलमारी में उछाल दी और खुद मंसूबों के कुलाबे भरने लगी।

वह देर तक बेख़ुदी में रहती लेकिन गायत्री की आवाज़ ने दिक़्क़त पैदा कर दी। वह नौकरानी से कह रही थी कि अपर्णा से पसंद की सब्ज़ी पूछ ले, तब बाज़ार जाए।

नौकरानी आई, तो अपर्णा झुँझला उठी। मगर वह फ़ैशन को जड़ से जज्ब कर चुकी थी। वह जानती थी कि झुँझलाहट में चेहरा ख़राब हो जाता है, इसलिए उसको ज़बान पर रख लेना चाहिए, "सभी मम्मी लोग अपने बच्चों की पसंद जानती हैं लेकिन मेरी मम्मी—भई वाह ! क्या कहने हैं..."

नौकरानी के चेहरे पर खीझ की रेखाएँ उभर आईं। वह झोला झुलाती हुई चली गई।

गायत्री अकेली हो गई। अपर्णा के व्यंग्य से पैदा हुई तिलमिलाहट से भरी थी वह। यकायक उसमें प्रश्न कौंधा, वह किसलिए जीवित है ? उसे लगा इस संसार में कोई नहीं है। और वह बड़ी गहराई तक डर गई।

अजीब बात थी। एक तरफ़ उसमें अकेलापन का ज्वार-भाटा तेज़ हो रहा था, दूसरी तरफ़ उसके भीतर पुनीत और बेटियों के साथ बीते हुए सुखद दृश्यों की

बरसात भी ज़ोरों पर थी। बादलों में बिजली की तरह माँ-बाप की स्मृतियाँ चमकती-बुझती थीं।

पुनीत नायक और खलनायक दोनों की तरह याद आ रहे थे। कभी-कभी चेहरे का एक हिस्सा नायक और दूसरा खलनायक की तरह लगता। धीरे-धीरे सब कुछ गड्मड हो गया। उसे लगने लगा, पुनीत उसके लिए सिर्फ़ पति हैं।

वह गिड़गिड़ा उठी, "पुनीत, मैं आपको तोहफा दूँगी। आपके जन्म-दिन पर मैं आ नहीं सकती लेकिन मेरा तोहफा पहुँचेगा। मेरा प्रेजेण्टेशन ज़रूर पहुँचेगा पुनीत।"

पुनीत की कनपटी के बाल पकने शुरू हो गए थे। उन्होंने सुबह के वक़्त घूमना भी शुरू कर दिया था।

वह ग्यारह दिसंबर को पैदा हुए थे। इस बार उन्होंने अपना जन्म-दिन नौ दिसंबर को मनाना तय किया। क्योंकि उनके चीफ़ दस को बाहर जाकर चौदह को लौटने वाले थे।

चीफ़ अपनी पत्नी के साथ आए थे। पार्टी अब ढलान पर थी। लोगों ने दूसरों की बीवियों से बात करने की गति बढ़ा दी थी। दो-चार लोग बाहर लॉन में उल्टियाँ करके ढुनक गए थे। संगीत की हल्की ध्वनि गूँज रही थी लेकिन अब किसी के कान उस तरफ़ नहीं थे...

अर्दली पुनीत के पास आया और क़ागज़ का टुकड़ा सामने कर दिया। अपर्णा और संध्या आई थीं। पुनीत के चेहरे पर प्यार और आनंद का गुलाबीपन छा गया। उसने चीफ़ से दो मिनटों की मोहलत माँगी।

बाहर आकर पुनीत ने दोनों बेटियों को गले से लगा लिया। हँसते हुए वे आने लगे। पुनीत दोनों को पीछे के दरवाज़े से भीतर लाए और बोले, "देखो बेटा लोगो, तुम अपने सबसे अच्छे कपड़ों में तैयार हो जाओ। और हाँ, मम्मी की टेबल के नीचेवाली ड्रार में परफ्यूम्स रखे हैं। जल्दी करो। हरिअप्।"

"पर पापा, पार्टी तो एलैवेन्थ को थी ?"

"अँ हाँ...हम अपने बच्चों को सरप्राइज देना चाहते थे।"

"ओ पापा....ऽ...ऽ..." दोनों शेखी बघारने लगीं।

"अच्छा तुम लोग जल्दी से तैयार होकर आओ।" कहकर वह चीफ़ के पास चले गए।

मौका पाकर मंदिरा पुनीत के एक दोस्त के पास खिसक आई थी। पुनीत को देखते ही चीफ़ के पास चली गई। पुनीत ने फुसफुसाकर बेटियों के आने की ख़बर दी।

वह उल्लास और ममता को उभारने की कोशिश करने लगी। इसके अलावा वह जूड़ा वग़ैरह भी ठीक करने लगी। उसकी तैयारी देखकर लोगों को लगा, कोई

वी.आई.पी. आनेवाला है। पुरुषों के नशे हिरन होने लगे। महिलाओं को मेकअप ताज़ा करने के लिए बाथरूम जाने की तलब महसूस हुई।

अपर्णा और संध्या ने प्रवेश किया। वी.आई.पी. की आशंका से लोगों में जो बेचैनी पैदा हुई थी, उसकी जगह उत्साह की लहर दौड़ गई। अपर्णा उदास राजकुमारी-सी लग रही थी। अधिकांश महिलाएँ हीनता से ग्रस्त होकर कुपित हो गईं। कुछ अपर्णा की तारीफ़ करने लगीं, तो कुछ नुक़्ता-चीनी पर गईं। संध्या ने पुरज़ोर कोशिश की थी लेकिन अपर्णा के साथ होने के कारण मामला जम नहीं रहा था। पुनीत ने दोनों को पास बुलाया। मंदिरा ने दोनों का हाथ लेकर छोड़ दिया और मुस्कराने लगी।

''ये मेरी बेटी अपर्णा है।'' चीफ़ भी पुनीत के अतीत से परिचित थे, इसलिए चौंके नहीं।

''अपर्णा, तुम सर से बातें करो।'' पुनीत अपर्णा को चीफ़ के पास छोड़ शेष से संध्या को मिलाने लगे।

यह पार्टी का आख़िरी कार्यक्रम साबित हुआ जो बहुत देर तक चला। शाब्बाश. ..कहकर अपर्णा की पीठ सहलाते-सहलाते चीफ़ के हाथ थक गए थे। देखते-देखते श्रीमती चीफ़ की आँखें दुखने लगी थीं। उन्होंने पति से चलने के लिए कहा।

चीफ़ दंपति क्या गए, सभी को देर होने लगी। सब चले गए। उनके पीछे शराब की गन्ध बची थी।

पुनीत मंदिरा और बेटियों के साथ दूसरे कमरे में आ गए। शराब ने पुनीत और मंदिरा की नींद उड़ा दी थी। अपर्णा को भी चीफ़ ने चखा दी थी, फिर पार्टी जीतने का नशा—वह काफ़ी मूड में थी। थकी हुई संध्या सोने चली गई। कमरे में वह तीनों रह गए थे।

''कहो बेटे पार्टी में कैसा रहा ?'' मंदिरा ने पूछा।

अपर्णा हँस दी। नशे में होने के कारण उसके होंठ कुछ ज़्यादा खिंच गए। कुछ देर बार ही अपनी जगहों पर वापस आ सके। मंदिरा उसके बालों को सहलाने लगी, ''मम्मी'', कहकर अपर्णा चिपट गई। उसने सूँघा, मम्मी ने कहीं ज़्यादा अच्छा परफ्यूम तो यूज़ नहीं किया है ?

''मेरे लिए क्या लाए हो बेटे ?'' पुनीत की आवाज़ लरज़ रही थी।

अपर्णा पास के कमरे में जाकर लौटी और एक पैकेट, पुनीत को पकड़ा दिया, उसमें से एक जरकिन निकला, ''थैंक यू माई बेबी।'' पुनीत की पलकें झुकी जा रही थीं, जबकि वह उन्हें उठाने का भरसक प्रयास कर रहे थे।

''पापा, ये अमेरिका का है।'' वह मुस्कराई लेकिन नशे के कारण उसका चेहरा वीभत्स हो गया, ''और ये मेरी ग्रेट मम्मी ने आपके लिए भेजा है।''

वह कैसेट था।

पुनीत भौचक हो गए। मंदिरा चुप। अपर्णा बोलने को तत्पर हुई लेकिन दोनों

के रुख ने उसे रोका।

पास में टेपरिकार्ड रखा था। पुनीत ने लड़खड़ाते हुए जाकर कैसेट लगा दिया और ख़ुद वहीं कालीन पर बैठ गए।

कैसेट शुरू हो गया। गायत्री ने पुनीत से आधा घंटा तक कुछ कहा था। भीगी आवाज़ में भेद देनेवाले शब्द थे।

थोड़ी ही देर बाद, पुनीत रोने लगे।

अपर्णा ने चुप कराना चाहा, "पापा..." पुनीत ने हाथ उठाकर रोका। उनकी आँखों से गिरे आँसुओं की कतार टूट नहीं रही थी।

गायत्री बोलती जा रही थी।

कैसेट ख़त्म हुआ, तो पुनीत उठकर सोफ़ा पर लेट गए। आँखों पर बायीं बाँह रख ली। मंदिरा और अपर्णा भी जहाँ थीं, वहीं पड़ गयीं। कब वे सो गए, पता न चला।

कमरे में केवल घड़ी और हीटर जग रहे थे। लग रहा था, अगले दिन से इस घर के लोग बदल जाएँगे, बेहतर हो जाएँगे।

सुबह नाश्ते के बाद से ही पुनीत क्रोध में जल रहे थे। उनका मन होता, गायत्री के पास पहुँचकर उसका गला दबा दें। उसकी आँखें निकाल लें। या उसका सिर दीवार से टकरा दें...

अपर्णा ने नाश्ते के दौरान बताया था कि एक डॉक्टर बरनवाल से मम्मी शादी करनेवाली है। डॉक्टर अकसर आते हैं घर पर। तभी से पुनीत उद्विग्न थे। हत्या तक के लिए उद्यत।

डॉक्टर द्वारा गायत्री को स्पर्श करने मात्र के विचार से उनमें कँपकँपी आ जाती। मांसपेशियाँ तन जातीं। कभी-कभी फड़कने लगतीं।

आफ़िस में भी वह अशान्त रहे। घर लौटे, तो सबसे पहले अपर्णा और संध्या को अपने पास बैठाया। आनन-फानन प्यार-स्नेह करने के बाद उन्होंने पूछा, "डॉक्टर की उम्र क्या होगी ?"

संध्या ने उम्र बता दी। पुनीत फ़ौजदारी के वक़ील की तरह डॉक्टर बरनवाल के रहन-सहन, मुखाकृति, डील-डौल, धन-प्रतिष्ठा आदि के बारे में सवाल करने लगे।

लड़कियों से जो जानकारी मिली, उससे उनके अंदर की आग और भड़क उठी। लड़कियों के अनुसार डॉक्टर बरनवाल आकर्षक व्यक्तित्व वाले शहर के प्रतिष्ठित व्यक्ति थे। वह बैडमिण्टन के शौक़ीन थे और राजनीति में उनकी अच्छी घुसपैठ थी।

पुनीत को डॉक्टर पर ग़ुस्सा नहीं आ रहा था। वह गायत्री को ही सबक सिखाना चाहते थे। उनका मन हो रहा था कि गायत्री को जलती सिगरेट से जलायें।

उनकी दशा देखकर मंदिरा घबड़ा गयी। उसने अपर्णा से विनती की कि पापा

को ख़ुश करे। मंदिरा की चापलूसी में संध्या पहले बोल पड़ी, ''बस भी करो पाप्पा। अब हम लोगों को घुमाओ-उमाओ नाँ।''

क्षण-भर इधर-उधर देखने के बाद पुनीत ने मंदिरा से कहा, ''ड्राइवर से बोल दो, गाड़ी निकाले, तब तक तुम लोग तैयार हो लो।''

मंदिरा राहत की साँस लेती हुई बोलने चली गई। पुनीत ने सिगरेट सुलगा ली।

बेटियों के जाने के बाद गायत्री ख़ुशी में डूबने-उतराने लगी थी। उसे ऐसे कामों को निपटा लेने का मौक़ा मिला था, जिन्हें करने में बेटियों की ख़ुफ़िया निगाहें बाधक थीं। उसने डॉक्टर बरनवाल से प्रेम करने से लेकर शापिंग तक की। जिस दिन उसे मालूम हुआ, डॉक्टर विधुर है, वह उनसे प्रेम करने लगी थी।

उसने पड़ोस और दो-तीन बाहर के दोस्तों को बुलाया। खाना खिलाया और बेटियों की तारीफ़ की। कहा कि बेटियाँ उस पर जान देती हैं और वह बेटियों पर जान देती है। कुल मिलाकर वह ख़ुश और उत्साहित थी।

लेकिन कई लोगों के पास पहुँचे उस पत्र ने सबकुछ बदल दिया। वह स्तब्ध और बदहवास हो गई। डॉक्टर बरनवाल, पड़ोसियों, रिश्तेदारों और ख़ुद उसके पास वह पत्र पहुँचा था। उसमें डॉक्टर और उसको नाजायज संबंधों में लिप्त बताया गया था। उसे वेश्या कहा गया था।

शाम को वह डॉक्टर के पास पहुँची। डॉक्टर उसका इन्तज़ार कर रहा था। उसे कंधे उचकाने की आदत थी। उसने आत्मीय लहजे में गायत्री से कहा, ''देखो, चूँकि मेरे किसी रिलेटिव के घर लेटर नहीं आया है, इसलिए यह तुम्हारे ही किसी परिचित की शरारत है।'' उसने कंधे उचकाए।

''मुझे मालूम है। मैं लैंग्वेज से ही जान गई। यह पुनीत की बदमाशी है।''

''पर यह हुआ कैसे ?'' डॉक्टर डर गया था।

''बेटियों ने जाकर बताया होगा।''

''ओ गॉड !'' उसने फिर कन्धे उचका दिए।

''लेकिन अब प्राब्लम ये है कि आगे क्या हो ?'' गायत्री चाहती थी कि शादी हो और उसकी इच्छा थी कि प्रस्ताव डॉक्टर ही करे।

पर डॉक्टर ने घाघपन से कहा—''जो होना है, हो'' वैसे वह गायत्री का आशय समझ रहा था।

''मेरा मतलब यह नहीं। मैं चाहती हूँ...''

''देखो गायत्री, लेटर्स इतनी जगह पहुँच गए हैं कि हमारे चाहने-वाहने से कुछ होने वाला नहीं।'' भीतर ही भीतर वह अपनी चालाकी पर पुलका।

गायत्री ने सोचा, डॉक्टर परेशान होने के कारण इशारा समझ नहीं पा रहा

है। उसने दूसरे दिन बात करना उचित समझा।

रास्ते में उसे आशंका हुई कि कहीं डॉक्टर उससे शादी न करे। सड़क पर चहल-पहल थी। नियान लाइट के उजाले में सब कुछ बड़ा अलौकिक-सा लग रहा था। लेकिन गायत्री डर से सिहर गयी। वह रिक्शे पर सिकुड़ चली। उसका डर बढ़ने लगा। उसे चिंता हुई कि रिक्शा कहीं उलट न जाए। सामने आतीं कारों, बसों, ट्रकों आदि को देखकर उसे भयानक घबराहट हो रही थी। उसे महसूस होता, रिक्शा-वाला भाग जाएगा और गाड़ियाँ रिक्शा को कुचलती हुई उस पर चढ़ जाएँगी। उसका दिल तेज़ी से धड़क रहा था। साँस की गति बढ़ गई थी। एक नौजवान साइकिल चलाता हुआ आ रहा था। वह डरी कि कहीं वह उसे 'रण्डी' न कह दे।

किसी तरह वह घर पहुँची। रिक्शावान को किराया पकड़ाकर तेज़-तेज़ चलने लगी। उसे रिक्शावान शातिर बदमाश लग रहा था।

ताला खोलकर वह घुसी और सोफ़ा पर बैठकर हाँफने लगी। उसके सिर के कई बाल पसीने से गीले हो गए थे।

थोड़ी राहत मिलने पर वह संदूक खोलने लगी। संदूक से एक बॉक्स निकाला। बॉक्स भी खोल दिया। सोने के गहने भरे थे। गहनों को वह दीवानी-सी देखने लगी। उसे राहत और ताक़त मिल रही थी।

जब भी बुढ़ापा, विपत्ति आदि सवाल उससे टकराते, ये गहने उसके लिए आरामदेह जवाब होते थे।

उसने बॉक्स बंद कर दिया। खोला। बंद किया। खोल दिया। वह यह खेल कर ही रही थी कि कालबेल घनघनाने लगी। रास्ते की घबड़ाहट फिर सिर उठाने लगी। उसे संदेह हुआ, कोई उसका गहना लूटने आया है। रिवाल्वर लेकर खड़ा होगा। जल्दी-जल्दी उसने सब कुछ ठीक किया। संदूक में ताला लगाने के बाद वह उठी, तो कालबेल की चीख़ बढ़ गई थी।

बेटियाँ थीं। दोनों बढ़कर माँ से लिपट गईं। गायत्री की तरफ़ से ठण्डापन था।

वे भीतर आईं। अपर्णा ने अटैची खोली और सामान निकालने लगी। वह गायत्री को बताती जा रही थी, "ये पापा ने दिया है। ये मम्मी ने दिया है। ये संध्या के लिए हैं। ये मेरे लिए हैं।"

"अपर्णा वो वाली बात बतालाओ ना", संध्या ने इठलाते हुए कहा।

"कौन-सी ?" अपर्णा के चेहरे पर दबी हुई मुस्कराहट और नक़ली जिज्ञासा थी।

"अरे बनो मत।"

"सच्ची में नईं मालूम। बता दे न।" वह मुस्कराहट रोक न सकी।

"मम्मी, अपर्णा की च्वाइस पापा ने इक्सेप्ट कर ली।"

"कैसी च्वाइस ?" गायत्री न चाहते हुए भी बोली।

"परीक्षित आई.पी.एस. में आ गया था। मेरा दोस्त है। पापा बीच में यहाँ आए थे। बात पक्की कर गए। अगले महीने उन्नीस तारीख़ को डेट पड़ी है।" अपर्णा उत्साह और संयम दोनों भावों का इस्तेमाल कर रही थी।

"लेकिन इतनी जल्दी तैयारी कैसे होगी ?" गायत्री की उदासीनता बरकरार थी।

"मैरिज वहीं लखनऊ से होगी। पापा सब अरेन्जमेंट कर लेंगे।"

गायत्री को धक्का लगा। उसे तकलीफ़ हुई कि इतना कुछ हो गया और उसे ज़रा भी भागीदार नहीं बनाया गया। लेकिन उसने कोई प्रतिक्रिया व्यक्त नहीं की। नौकरानी को बुलाकर कहा, "बेटी लोगों को कुछ खिलाओ-पिलाओ।"

कुछ ही देर में नाश्ता और खाना दोनों हो गया। सब लोग सोने की तैयारी करने लगे।

रात-भर गायत्री बुरे सपने देखती रही। सुबह कोहरे से ढकी थी। नौकरानी बड़ी देर से खटर-पटर कर रही थी। उन तीनों की नींद ग़ायब हो चुकी थी लेकिन वे रज़ाई में पड़ी पैर हिला रही थीं।

आख़िर गायत्री उठी। नाश्ता किया और डॉक्टर बरनवाल के पास चल दी। वह बाँटे गए पत्रों से भयभीत हो गई थी। और जितनी जल्दी हो सके, डॉक्टर से शादी कर लेना चाहती थी। आज उसने तय किया था कि वह ख़ुद ही शादी का प्रस्ताव करेगी।

बहुत दिनों बाद दोनों बहनों ने नाश्ता बिस्तर पर किया। अपर्णा ने संध्या को भी अपने बिस्तर पर बुला लिया था।

आफ़िस खुलने तक दोनों तैयार हो गईं। बैंक जाकर उन्हें पापा का दिया ड्राफ्ट भुनाना था। फिर शापिंग करनी थी।

"शापिंग का यह सिलसिला कब तक चलेगा, अपर्णा ?"

"जब तक तू मुझे यहाँ से भगा नहीं देगी। अच्छा यार, आओ, अब चलते हैं।"

"जीजाजी को ले लें रास्ते मं।"

"कौन ? अरे वो तुम्हारे एस.पी. साहब ? वह तो बनारस ड्यूटी पर होंगे।"

दोनों के जाने के थोड़ी देर बाद गायत्री वापस आ गई। वह फिर डरी थी। दिनोंदिन उसका डर बढ़ता जा रहा था। डॉक्टर ने उसके प्रस्ताव को टाल दिया था लेकिन अब वह डॉक्टर की मंशा भाँप गयी थी।

वह पैरों को पेट से चिपकाकर बैठी थी। इस वक़्त उसकी आत्मा बूढ़ी हो गई थी जिसकी हल्की छाप उसके चेहरे पर भी दिखाई दे रही थी।

वह सोचने लगी। 'कुछ दिनों बाद यह घर पूरी तरह ख़ाली हो जाएगा, तब ?

एक दिन वह बुढ़िया हो जाएगी।' वह काँप उठी। 'या पुनीत कोई बदमाश भेजे। वह रात में आकर उसे चाकुओं से गोद डाले। या मकान पर पेट्रोल छिड़ककर आग लगा दे तब ? या वह रास्ते में जाती रहे, कोई बम फेंककर उसके परखचे उड़ा दे, तब...'

उसने नौकरानी को बाहर भेज दिया और संदूक खोलकर बॉक्स निकाला। चमकते हुए गहनों को देखने लगी। उसका वश चलता तो वह अपनी आँखें बॉक्स में टाँग देती।

कुछ लोगों से संबंध बिगड़ने के कुछ दिनों बाद से सोना ही उसका दोस्त था।

शादी सलीके से हो रही थी। महँगे होटल में सारा प्रबंध था। होटल का ख़र्च एक व्यापारी उठा रहा था। पुनीत ने दन्द-फन्द करके दो मंत्रियों का भी आगमन करा लिया था। उनके आस-पास अनेक लोग मँडरा रहे थे। बहुत सारे लोग इस बात के लिए लालायित थे कि किसी तरह उनकी तसवीर मंत्रियों के साथ खिंच जाए। वर पक्ष वाले भी स्तरीय लोगों को लाए थे, लेकिन टक्कर में पुनीत भारी पड़ रहे थे।

पुनीत ने इसी अफरा-तफरी में अपने ट्रांसफर की भी बात पक्की कर ली थी। इस जगह के लिए लोग पचास हज़ार तक देने के लिए तैयार रहते, पर काम नहीं होता। और उसने तीस हज़ार पर ही बात बना ली थी। वह दृढ़ता से बुदबुदाया, "मैं दो सालों में ही...बस दो साल में ही फैक्ट्री लगवा दूँगा। अपर्णा के नाम।"

नशे का असर उस पर अच्छी तरह हो चुका था। उसकी इच्छा हुई कि वह जाकर दलाल के पैरों पर गिर पड़े जो मंत्रियों को यहाँ तक ले आया था। लेकिन उसने घुटनों के बल गिरकर मंदिरा के पाँव पकड़ लिए, "मंदिरा, तुम मेरी बीवी नहीं, मेरी देवी हो। तुम्हीं ने मुझे इतने प्रमोशन दिलवाए। तुम्हीं ने मेरे ट्रांसफर्स करवाए। तुम्हीं ने मुझे हर बार चीफ़ के करीब पहुँचाया। तुम औरत नहीं, देवी हो, जल्दी ही तुम्हारा यह भक्त तुम्हारे चरणों में एक फैक्ट्री अर्पित करेगा। तुम बहुत बड़ी उद्योगपति बनो मंदिरा। तेरे भक्त का यह आशीर्वाद है..."

मंदिरा ने उसे असीम प्यार-दुलार से देखा और मत्थे पर झुक आए बालों को सहलाकर ठीक कर दिया। उसने पुनीत का गाल भी थपथपा दिया। फिर बोली, "यह इमोशनल होने का टाइम नहीं है डार्लिंग ! इतना अच्छा चान्स है। इसे एक्सप्लायेट करो।"

वैसे वक़्त का सही इस्तेमाल अपर्णा कर रही थी। उसने सोचा, बाद में नामालूम इन लोगों से मुलाकात हो या न हो। ख़ास-ख़ास लोगों से घनिष्ठता स्थापित करने का अभियान चला रखा था उसने। हालाँकि वह सफल नहीं हो पा रही थी। क्योंकि

हर कोई संपर्क बढ़ाओ अभियान में व्यस्त था। इधर बहुत देर से वह एक फकीर को प्रभावित करने की कोशिश कर रही थी। क्योंकि उसने साफ़-साफ़ देखा था कि बड़े-बड़े अधिकारी—उनकी बीवियाँ—यहाँ तक कि दोनों मन्त्री फकीर से मुतअसर दिखलाई पड़ रहे थे। फकीर ने दोनों मंत्रियों को तीन-तीन अँगूठियाँ दी थीं। उसकी हसरत थी कि एक ही सही, अँगूठी उसे भी मिल जाए।

अँगूठी तो नहीं मिली लेकिन उसका साहस और कौशल अंत तक अटूट रहा। यहाँ तक कि विदाई के समय सारे सामान उसने खुद ही रखवाए। बातें करती और मशविरे लेती-देती वह विदा हो गई। जाते-जाते उसने पुनीत, मंदिरा और गायत्री के सीने पर कीलें ठोंक दीं....

पुनीत ने सोचा था, जाते समय अपर्णा उनके प्रति भावुक होकर रोएगी। लेकिन अपर्णा ने उनकी आकांक्षा पूरी नहीं की। वे दुखी थे।

मंदिरा अपमानित महसूस कर रही थी। उसे दुख था, विदा होते समय भी अपर्णा ने उसे किसी प्रकार का विशेष सम्मान नहीं दिया, "डायन कितना तो चूना लगा गई।"

गायत्री शादी की रात ही वापस लौट आई थी। उसने अपर्णा की एक उँगली में अँगूठी देखी थी। उसके नग ने उसे परेशान कर रखा था। उसे यह अँगूठी अपने संदूक के भीतर रखे गए बॉक्स की निधि लगी थी। कुछ देर वह टालती रही लेकिन मन माना नहीं, वह वहाँ से चल दी।

उधर अपर्णा विदा हो रही थी और इधर गायत्री ने संदूक खोला। बॉक्स नदारद। वह भागती हुई एक पड़ोसी के घर पहुँची और लखनऊ के लिए कॉल बुक कराया।

जब फ़ोन पर बातें हुईं, तो अपर्णा को गए डेढ़ घण्टे बीत चुके थे।

उसके हाथ से छूट फ़ोन गया। पड़ोसी मिस्टर नारायन घबड़ा गए, "क्या हुआ ? बेटी तो ठीकठाक है न ?"

"हाँ।" वह घुटनों पर हाथ रखकर किसी तरह खड़ी हुई। चलते समय उसकी चप्पलें घिसट रही थीं।

घर आयी, तो सिर में दर्द होने लगा था। हलक सूख गया था। उसमें कुछ नुकीला-सा धँस रहा था। लग रहा था, जैसे चेहरा चिचुककर लम्बा हो गया है।

उसने नींद की गोलियाँ मँगाईं। एक गोली गटककर लेट गई। थोड़ी देर बाद वह सो रही थी।

तीन बजे वह उठी। चार बजे फिर एक गोली गटककर सो गई। नौकरानी को उसने डपट दिया कि वह जगाए नहीं। लेकिन कुछ ही देर बाद संध्या ने उसे 'मम्मी-मम्मी' कहकर जगा दिया। वह लखनऊ से आ गई थी। क्योंकि पढ़ाई में पिछड़ जाने का डर था।

गायत्री का फूला किंतु बुझा हुआ चेहरा देखकर संध्या को जिज्ञासा हुई। उसने

पलकें उठा-गिरा नौकरानी से पूछा।

नौकरानी ने संध्या को दूसरे कमरे में ले जाकर सबकुछ बता दिया। गहने वाली बात से संध्या स्तब्ध हो गई। उसे यक़ीन नहीं आ रहा था कि अपर्णा ने उसके साथ इतना बड़ा धोखा किया है। माँ के गहनों पर आख़िर उसका भी अधिकार बनता था। वह अपर्णा के ख़िलाफ़ अपने को गायत्री के पक्ष में पाने लगी। वैसे भी उसे गायत्री का नींद की गोलियाँ खाना बड़ा प्यारा लग रहा था।

अपर्णा को लेकर वह बार-बार कड़वाहट से भर जाती थी। तभी उसके दिमाग़ में मकान का विचार कौंधा। अपर्णा गहने ले गई, तो मकान उसे मिल सकता है।

वह गायत्री के पास जाकर लाड़ जताने लगी। लेकिन गायत्री पर ख़ास असर नहीं हो रहा था। उसे झपकी आ रही थी। वह आँखें बंद कर लेती, फिर झटके से खोलकर आस-पास देखने लगती।

संध्या ने उस पर लिहाफ डाल दिया। इस काम से फ़ुरसत पाकर कर वह अपर्णा के कमरे में आई। उसके होंठों पर कुटिल मुस्कराहट और आँखों में भयानक चमक थी।

उसने अपर्णा की अलमारी, मेज़ का ड्रार वग़ैरह सब कुछ तलाश डाला, अपर्णा के विभिन्न प्रेमियों द्वारा लिखे गए प्रेम पत्र नहीं मिले। बिखरी हुई किताबें चिढ़ा रही थीं। उसके दाँत भिंच गए, "कुतिया ने एक भी लेटर नहीं छोड़ा। नहीं चखाती मज़ा।" वह कसमसा रही थी, "साली ने गहने ग़ायब किये, लेटर्स भी ग़ायब कर दिए। ओ गॉड एक ही लेटर दिला दो।"

वह थक गई। हताश-सी आई और लेट गई। लेटे हुए ही उसने नौकरानी से कहा, "ज़रा दूध में ग्लूकान-डी मिलाकर देना।"

नौकरानी खाना पका रही थी। कूकर उतार दूध चढ़ा दिया।

संध्या धीरे-धीरे शांत होने लगी। रात हो गई थी। घर उसे अजीब-सा लगने लगा। पहली बार उसे अपर्णा के न होने का अहसास हुआ। वह ख़ालीपन महसूस करने लगी। लेकिन बुरा नहीं लग रहा था, क्योंकि उसे सब कुछ खुला-खुला-सा एकदम उन्मुक्त महसूस हो रहा था। आज उसने पहली बार अनुभव किया कि उसका भी व्यक्तित्व है। इन अहसासों के बीच अपर्णा के प्रति उसका क्रोध भी कम हो गया।

ग्लूकान-डी लेने के बाद उसने मुँह पोंछा। वह सोचने लगी कि उसमें स्फूर्ति आ गई है। माँ को देखा, सो रही थी। नौकरानी किचन में थी। फिर उसका क्या !

वह दबे पाँव दूसरे कमरे में रखे आदमक़द आईने के सामने आ खड़ी हुई। अपने को निहारा और कलात्मक अँगड़ाई ली, "मुझमें अपर्णा से ज़्यादा सेक्स अपील है।" शरीर के विभिन्न हिस्सों को ऐंठा-घुमाकर अपना जायजा लेने लगी, "मुझे फ़िल्मों में काम मिल जाता, तो कितना फण्टास्टिक होता। हण्ड्रेड परसेण्ट फण्टास्टिक।"

उसने धीमे से उत्तेजक धुनों वाला एक रिकार्ड चला दिया। कमरा बंद करके

वह धुन पर थिरकने लगी। वह कल्पना करने लगी, सिनेमा हाल के पर्दे पर उसकी फ़िल्म चल रही हैं। उसने थिरकने को नाचने में बदल दिया।

वह कब तक फ़िल्मलोक में भ्रमण करती रही और कब सो गई, उसे पता न चला।

सुबह देर से उठी। देखा, गायत्री नाश्ता कर रही है। वह बेड-टी से फ़ुर्सत पाई, तो गायत्री नींद की गोली गटक रही थी।

गेट के एक तरफ़ 'पुलिस अधीक्षक (नगर)' का बोर्ड टँगा था। दूसरी तरफ़ छोलदारी थी। छोलदारी में दो बक्सों के ऊपर हनुमानजी की तसवीर रखी थी। ऊपर टँगी रस्सी पर दो लँगोट लटक रहे थे। तख़्त पर कुछ सिपाही बैठकर भुट्टा खा रहे थे जिसे उन्होंने राह चलते एक ठेलेवाले से घुड़ककर लिया था।

गाड़ी की आवाज़ आई तो सभी ने भुट्टा रखकर सैल्यूट मारा। एक सिपाही आगे बढ़कर गेट खोलने लगा।

उपेक्षा और उत्तर के रूप में अपर्णा की ठोढ़ी हल्की-सी काँप गई। कार भीतर आई। सामने की सीट पर बैठे सिपाही ने कार का दरवाज़ा खोला। वह साड़ी को चुटकी से हल्का उठाकर उतरी और आगे बढ़ गई। ड्राइवर और सिपाही बाज़ार में ख़रीदे गए सामान उतारने लगे। वे इतनी तत्परता से सामान उतार रहे थे कि जैसे अभी कार भाग जाएगी।

अपर्णा बरामदे में आई, तो देर से बैठे दरोगा हरनाम सिंह ने तगड़ा सैल्यूट ठोंका। उसने प्रत्युत्तर में सिर हिला दिया।

थोड़ी देर बाद अपर्णा का बुलावा आया। दरोग़ा ने अपने बग़ल बैठे समाजसेवी दिवाकर चौबे को अपना ब्रीफकेस थमा दिया। चौबे के जाते ही वह जाँघों के बीच हाथ डालकर चिन्तित हो गया।

दिवाकर ने लौटकर ब्रीफकेस दरोग़ा को पकड़ाया। उसे हल्का पाकर उसका चेहरा खिल गया।

गेट के बाहर आकर वह मूँछ उमेठने लगा। खँकारकर थूक दिया, "इंचार्जी मिल गई। अब सालों की डण्डा कर दूँगा। हरामज़ादो..." उसने समूची सृष्टि को माँ-बहिन की गालियाँ देते हुए मोटर साइकिल स्टार्ट की।

समाजसेवी दलाल के ज़रिए रुपया अपर्णा को मिलता था। इसे अपनी महत्ता में वृद्धि मानती थी वह। लेकिन ऐसा अनायास नहीं होता था, बल्कि इसके पीछे परीक्षित का दिमाग़ था। रुपए भी आ जाते थे और उसका स्वाभिमान भी बरकरार रहता था।

रुपए रखकर अपर्णा ने खानसामा को आवाज़ दी और सोफा पर बैठ गई।

खानसामा कान में बीड़ी खोंसता हुआ नमूदार हुआ।

''शरबत बिस्किट्स ले आओ। हाँ सुनो, अर्दली से बोलो कि मेमसाहब ने बुलाया है।''

वह बढ़े हुए नाख़ूनों के सौष्ठव को निहारने लगी। उसके चेहरे पर आत्ममुग्धता का भाव खेल रहा था।

''मेमसाहब, आपने बुलाया मेमसाब।'' अर्दली था।

''साब कब गए ?''

''थोड़ी देर हुआ मेमसाहब। देर से आने को बोले हैं मेमसाब। खाना नहीं खाएँगे मेमसाहब।''

उसे बहुत तेज़ धक्का लगा। हूक-सी उठी। तिलमिलाहट से चेहरा लाल हो गया। उसने अर्दली को देखा, कहीं उस पर हँस तो नहीं रहा है। पर ऐसा कुछ नहीं था।

उसने ज़ोर से निचला होंठ काटा। उसके नथुने फड़फड़ा रहे थे। वह फ़ोन की तरफ़ झपटी और डायल करने लगी। हास्पिटल के डॉक्टर गंगाबख्श सिंह का नंबर था। वह मुख्य चिकित्साधिकारी थे।

डॉक्टर गंगाबख्श ने अपर्णा ही नहीं, शहर के कई अफ़सरों, नेताओं और धनवालों की बीवियों की नींद हराम कर दी थी। पत्रकारों के मध्य वह नर्सों के सप्लायर के रूप में चर्चित थे।

अपर्णा ने फ़ोन पकड़ रखा था। उत्तेजना में उसके हाथ काँप रहे थे। लगता था, फ़ोन पर ही वह क्रुद्ध शेरनी की तरह डॉक्टर गंगाबख़्श पर झपट पड़ेगी।

लेकिन उधर से आवाज़ आई, तो हाथ की थरथराहट बढ़ गई। चेहरे पर खिसियाहट उभर आई। उसने फ़ोन रख दिया था। उसने सोचा था, इस हरकत से प्रेस्टिज बिगड़ेगी। इस तरह तो छोटे घरों की औरतें लड़ती हैं।

हालाँकि वह डॉक्टर गंगाबख्श को कड़ा से कड़ा दण्ड देना चाहती थी लेकिन फ़ोन रख दिया और छत निहारने लगी।

उसकी आँखों में अथाह दुख की लहरें हिलने लगीं। उसके सामने परीक्षित और किसी नर्स के अश्लील दृश्य घूमने लगे। वह साँस रोककर उन्हें विभिन्न मुद्राओं में देख रही थी।

उसे सबकुछ घिनौना लगने लगा। वह अपने को एक बेबसी से जकड़ी हुई महसूस करने लगी। साँस फूल आई। वह पस्त हो गई थी। उसे अपने ऊपर ग़ुस्सा आने लगा, क्यों अपने को सोशल बनाया। जब तक घर में थी, ठीक था। पता तो नहीं चलता था परीक्षित क्या गुल खिला रहा है। लेकिन संयोग ही था कि उसे एक दिन लगा, इस तरह की जीवन-शैली की मियाद ख़त्म हो गई और अब कुछ समाज-सेवा होनी चाहिए। उसी सप्ताह समाज-सेवा शुरू कर दी। पुरस्कार वग़ैरह बाँटने लगी।

वाद-विवाद प्रतियोगिताओं आदि में जज बनने लगी। इसी सामाजिकता में परीक्षित की पोल खुल गई थी। सबसे पहले उसे मालूम हुआ, परीक्षित बड़ा क्रूर आदमी है। रुपए लेकर तीन फ़र्जी एनकाउण्टर कर चुका है। बड़े आदमियों और नेताओं से उसके ताल्लुकात प्रसिद्ध थे। उन्हें लाभ पहुँचाने में वह पटु था। इन सबसे अपर्णा को कोई तकलीफ़ नहीं हुई थी।

लेकिन एक पार्टी में मिसेज बतरा ने जो थुल-थुल, अधेड़ और मूर्ख महिला थीं, सारा दारोमदार मिसेज तिवारी पर थोपते हुए कहा, "मिसेज तिवारी कह रही थीं।" वह इस बात के लिए पूरी तरह सतर्क थीं कि मौक़ा पड़ने पर मिसेज तिवारी ही मुल्जिम बनें, "क्या कहा ? मिसेज तिवारी कह रही थीं कि एस.पी. साहब कुतिया के पिल्ले बाँटते हैं। खरगोश भी बाँटते हैं। वो मिसेज तिवारी ही कह रही थीं।" असली अर्थ अभी उनकी ख़ामोशी में छिपा हुआ था।

"क्या मतलब ?"

"मैं नहीं कह रही। वो मिसेज तिवारी ही कह रही थीं।"

"क्या कह रही थीं ?" अपर्णा ने झुंझलाकर पूछा।

"मिसेज तिवारी कह रही थीं कि इससे उनकी इमेज बड़ी ख़राब बन रही है। मिसेज तिवारी कह रही थीं कि वह उन्हीं घरों में पिल्ले और खरगोश देते हैं, जहाँ ब्यूटीफुल जवान गर्ल्स रहती हैं।"

इस तरह की बातों से उसे बहुत बार गुज़रना पड़ा। धीरे-धीरे सब कुछ साफ़ होने लगा। परीक्षित ऐसे अवसर पर गाड़ी नहीं ले जाता था और देर से आता था। आज फिर देर से आने के लिए कहकर जाना और गाड़ी यहीं पर।

वह उखड़ने लगी। उसे लग रहा था, चीज़ें उसके हाथ से निकलती जा रही हैं। कहाँ उसने गणित लगाया था कि सुन्दर न होने के कारण परीक्षित दबेगा और कहाँ यह परवर्टेड एप्रोच ? उसे ताज्जुब होता था कि कभी मूक प्रेम करनेवाला निष्ठावान प्रेमी इस तरह कैसे बन गया ?

वह पुराने दिनों में खो गई। आँखें अधमुँदी हो गईं। वह सारे अच्छे-अच्छे क्षणों का स्मरण कर लेना चाहती थी। वह खोज-खोजकर सुखमय दृश्यों को सामने लाने लगी। इन सबमें ऐसा कुछ था कि उसमें आत्मविश्वास, शक्ति और स्फूर्ति पनपने लगी। खाई हुई दृढ़ता वापस लौट रही थी...

उसका पुराना ख़ूँखार जागने लगा, जो शादी के बाद खो गया था। वह परीक्षित के क्रियाकलापों को धराशायी करने की योजना बनाने लगी। उसकी आत्मा में कुटिलता लबालब भर उठी। उसने परीक्षित को करारी शिकस्त देने के लिए ताना-बाना बुनना शुरू कर दिया। उसके दिमाग़ में लगी ज़ंग अब साफ़ हो गई थी। उसका दिमाग़ अब सान चढ़े चाक़ू की तरह चमक गया था।

वह सोचने में इतना मशगूल हो गई कि उसकी साड़ी की क्रीज ख़राब हो

चली। होंठों की लिपस्टिक बेतरतीब हो गई। नाक के नीचे पसीने की क़तार खिंच आई थी।

लेकिन उसे कोई रास्ता नहीं सूझ रहा था...हिम्मत हारने लगी। वह अपने ही रचे व्यूह में गिरफ़्तार हो गई थी। वह हाँफ़ने लगी। किसी तरह उठकर लाइट बुझाई। वह सोने की कोशिश करने लगी।

रात थोड़ी ही देर में ख़त्म होनेवाली थी। बुरे सपनों ने अपर्णा को नींद में भी त्रस्त कर रखा था। बार-बार वह क्रोध और नक़ली मुस्कराहट के बीच जूझती हुई दिख रही थी।

डरकर वह जाग गई। कमरे में उजाला फैला हुआ था। परीक्षित जूता का फ़ीता खोल रहा था। वह अनमनी बनी रही। साँस रोककर परीक्षित की पदचापों का इंतज़ार करने लगी। थोड़ी देर बाद वह आया और उसकी बगल में लेट गया। जल्द ही नींद में डूब चला वह।

अपर्णा को लगा, परीक्षित नहीं उसकी बगल में कोई कुत्ता लेटा हुआ है। सड़ा हुआ जानवर। वह उठकर खड़ी हो गई और दाँत पीस डाली।

कमरे में चहलक़दमी करने लगी वह। सोचना शुरू किया। बहुत कोशिश की लेकिन कोई रास्ता न दिखा। वह हार गई। 'पापा तुम्हीं कुछ करोगे' उसने तय किया, थोड़े दिनों के लिए पापा के पास चली जाएगी। उनसे कहेगी, कोई रास्ता निकालें। सब कुछ फिटफाट हो जाए।

पुनीत को पता चला कि अपर्णा आ रही है, तो उसने संध्या को भी अपने पास बुला लिया। सोचा, दोनों बहनें मिल लेंगी। संध्या के पास तो अपर्णा जाएगी नहीं। माँ के गहने जो ग़ायब हुए थे।

जैसे भूखे को निमंत्रण मिल गया हो, संध्या प्रतिहिंसा की आँच से उबलने लगी। दो दिन पहले ही पापा के पास पहुँच गई, जिससे अपर्णा के पहले वह पापा को पटा ले।

एक मंत्री जी का आकस्मिक कार्यक्रम बन जाने के कारण परीक्षित नहीं आ सका। अपर्णा एक कपड़ा मिल के डायरेक्टर की गाड़ी से आई। उसे तीन सिपाही छोड़ने आए थे। संध्या यह सब देखकर जल-भुन गई। गोया, यह सारी शान-शौक़त गहनों की वजह से थी।

अपर्णा ने संध्या को देखा, तो चौंककर सिहर गई। लेकिन अगले ही पल उसने अपने को सहज कर लिया था। वह सबसे पहले लगभग दौड़ती हुई संध्या के पास पहुँची और अपने वक्ष से लगा लेना चाहा लेकिन कुछ नाटी होने की वजह से वह खुद ही संध्या के वक्ष से जा लगी।

सब लोग भीतर आए। मंदिरा नाश्ते की व्यवस्था करने चली गई। पुनीत ने

जो मंदिरा की तरह सजा-सँवरा था, आवाज़ को रोबीली बनाते हुए कहा, "कहो बेटे क्या हाल-चाल हैं ?"

"फर्स्ट क्लास पापा। संध्या के लिए लड़का पटा लिया है। हमारे यहाँ का रूरल एस.पी. अनूप कुमार, बेचारा कुँवारा है।"

हल्के शोरगुल के बाद मंदिरा, अपर्णा और पुनीत गम्भीरता से बात करने लगे। संध्या वहाँ मौजूद होकर भी कुछ नहीं बोल रही थी। उसका दिल उसे कोस रहा था कि वह क्यों अपर्णा से ऐंठी थी। अगर वह भनक भी पा गई उसके ऐंठने की, तो हो सकता है कि बात बिगाड़ दे। इतना अच्छा चान्स हाथ से निकल जाएगा। वह अपने को कोसने लगी। धिक्कारने लगी। 'बड़ी चली थी बदला लेनेवाली। पूरी पट्ठी की उल्लू हो।' चिड़चिड़ाहट में मुहावरा उल्टा कर दिया। वह चाह रही थी कि कितनी जल्दी बिगड़ी बात बना ले।

पुनीत को मंदिरा के साथ एक दोस्त के यहाँ पार्टी में शामिल होना था। उसके पहले भी कुछ काम निपटाने थे। तभी दोनों सजे-सँवरे थे। पुनीत ने अपर्णा से इसके लिए माफ़ी माँगी। मंदिरा ने कुछ नहीं कहा। उसे शादी के समय अपर्णा की बेरुखी अभी तक याद थी।

दरवाजा बंद करके संध्या ने अपर्णा की गर्दन में बाँहें डाल दीं, "बहुत स्वीट लग रही हो।"

"चलो यार मस्का मत लगाओ। मैं वैसे ही अनूप कुमार के बारे में बता दूँगी।"

"मस्का की बात नहीं। तुम जब आईं, तो मेरा सिर बड़ा तेज़ दर्द कर रहा था। पर तुम आईं क्या, मेरा सिरदर्द ग़ायब। तुम कोई ज़ादू जानती हो क्या ?"

"और नहीं तो क्या।"

'तब तो जीजाजी पर ख़ूब चलाया होगा।"

"धुत्।" वह इस तरह शरमा गई। जैसे सचमुच चलाया हो।

संध्या उसकी चापलूसी में जुट गईं उसकी छाया-सी हो गई।

अपर्णा सबकुछ समझ रही थी। मन ही मन मुस्कराती कि ऐन वक़्त पर क्या ख़ूब आइडिया सूझा। अपने यहाँ के रूरल एस.पी. तीन बच्चों के बाप—बेचारे कुँवारे बन गए। उसकी इच्छा हुई ठहाका लगाकर हँसे लेकिन ऐसा न करके वह बोली, "देखो मुझे तो मालूम भी नहीं था कि तुम भी यहाँ हो, इसलिए कुछ ले नहीं आई। जो लेना है, बताना। मैं यहाँ से ले दूँगी। अरे हाँ, वहाँ मम्मी की क्या न्यूज़ है ?"

संध्या ने मुस्कराकर कहा, "घूस मत दो, मैं वैसे ही बता दूँगी।"

"अच्छा जड़ा। बहुत ख़ूब। अच्छा डॉक्टर बरनवाल से उनका कैसा है ?"

"जब से उनका गहनों वाला बॉक्स गायब हुआ, तब से किसी से कोई रिश्ता नहीं।"

"कैसे ग़ायब हुआ ?"

"इसको तुमसे अच्छा कौन जान सकता है ?" बहुत चाहने के बावजूद संध्या अपने मनोभावों को ज़ब्त न कर सकी।

अपर्णा को शंका हुई कि कहीं रूरल एस.पी. के शादीशुदा होने वाली बात संध्या जानती है क्या, जो इस तरह बोल रही है।

संध्या ने बोल तो दिया लेकिन पछता रही थी। उसने अपर्णा को फिर से ख़ुश करने के लिए गायत्री के बारे में बताना शुरू किया, "मम्मी की कुछ मत पूछो, नींद की गोलियाँ हमेशा उनके पास रहती हैं। नींद लाने के लिए नींद की गोली ली। नींद टूटी, फिर नींद की गोली। फिर तो फिर। हमेशा सोती रहती हैं। चेहरा गोलगप्पा की तरह फूला रहता है। और बुझा भी रहता है। आँखों के नीचे काला-काला-सा हो गया है। किसी से भी कुछ बोलती नहीं है। बस सोना। नींद की गोली ही उनकी फ्रेण्ड है। अगर यही हाल रहा, तो तुम देखना जल्द ही गॉड एक दिन उन्हें अपने पास बुला लेगा।"

"फिर मकान का क्या होगा ?"

"उस पर पापा ने आँखें गड़ा रखी हैं।" संध्या की आवाज़ में पापा के लिए रोष था, "ये लो पापा-मम्मी आ भी गए।"

मंदिरा की साड़ी पर उल्टी के दाग़ थे। अनाज के छोटे-छोटे लोथड़े बिखरे थे। बदबू भी आ रही थी।

पुनीत फ़ोन पर पार्टी में न पहुँच पाने के लिए नर्म शब्दों में माफ़ी माँग रहे थे। लेकिन चेहरे पर खीझ झलक रही थी।

मंदिरा साफ़-सुथरी होकर आयी और अपने फूले हुए पेट पर हाथ फेरने लगी। उसकी पस्ती अब कम हो गयी थी।

रास्ते में ड्राइवर और अन्य लोगों के देख लेने के भय से वह चुप लगा गया था। लेकिन घर में आकर उसका ग़ुस्सा भड़क उठा, "बताओ पार्टी में क्या सोचते होंगे लोग ? लेकिन यहाँ उल्टी करनी जरूरी थी। इतनी इम्पोर्टेण्ट पार्टी मगर सब चौपट। क्या बताएँ। ओफ। माइण्ड साला अपसेट हो गया...अब टाइम भी नहीं है ...क्या बताएँ.....!" वह मंदिरा को शातिर अपराधी के रूप में देख रहा था।

मंदिरा इन सबसे बेख़बर एक विज्ञापन की कमसिन लड़की की बिंदी देखने में जुटी थी। हालाँकि पार्टी की मौज से वंचित होने की कसक उसमें भी कम नहीं थी।

अपर्णा को चिंता हुई, आज वह पापा से परीक्षित के बारे में बातें नहीं कर पायेगी। पापा का मूड बिगड़ा है। मम्मी को भी आज ही वोमिटिंग करनी थी। उसने सोचा कि फ़िलहाल वह थोड़ी देर के लिए इन लोगों से अलग हो जाए। वह लॉन में जाने के लिए खड़ी हुई। पुनीत कुछ पूछे, इससे पहले फ़ोन घनघना उठा।

लॉन में अपर्णा को बड़ा सुख मिल रहा था। आस-पास की हरीतिमा और

आकाश का उड़ा-उड़ा-सा नीलापन शान्ति और संतोष की रचना कर रहे थे। अपर्णा ने पुलकित होकर कहा, "नेचर इज गॉड।" मगर उसका अधिक समय प्रकृति की उच्चकोटि की प्रशंसा में नहीं बीत सका। जल्द ही वह परीक्षित को लेकर परेशान हो उठी। और वहीं घास पर लेट गई।

उसने एक अनोखा खेल खेलना शुरू कर दिया था। वह घासों को अपने चेहरे से रगड़ती और कल्पना करती, ये घासें नहीं किसी की मूँछें हैं।

उसने इस खेल की कई पालियाँ खेलीं। इतना कि आसमान के तारे निकल आए। घासों की हरीतिमा कालेपन में तबदील होने लगी।

उसने कहा, "अच्छा ये मूँछें परीक्षित की हैं।" और खेल में मशगूल हो गई। मगर जल्द ही उसका मन उचाट हो गया। उसे परीक्षित के कारनामे याद आने लगे, सोच-सोचकर उसमें भय और क्रोध का मिला-जुला भभका उठने लगा। ऊपर से वातावरण में टपकता अँधेरा—वह ख़ौफ़ज़दा हो गई। पीछे से किसी ने पुकारा, वह चिल्ला पड़ती, यदि पुकारने वाले ने तत्काल आगे न कहा होता, "साहब ने बुलाया है।" चपरासी रामकलप था। रामकलप जाने लगा, तो उसने कहा, "रुको, मैं भी चलती हूँ।" उसका डर अभी दूर नहीं हुआ था। वह पीछे-पीछे चल रही थी। वह निश्चय कर रही थी, "अभी पापा के सामने सारा कुछ बोल दूँगी और कहूँगी, जैसे भी हो कुछ करें।"

वह पहुँची, तो पुनीत ने पूछा, "क्यों बेटे कहाँ चले गए थे ?" उनकी आवाज़ में अब अशांति नहीं थी। शायद फ़ोन पर अच्छी बातें हुई थीं।

"ऐसे ही पापा, लॉन में चली गई थी। पापा..." उसकी गर्दन झुक गई, "मैं इन दिनों बहुत टेंशन में हूँ पापा। पापा, मुझे आपसे कुछ बातें करनी हैं।"

"कहो-कहो क्या बात है ?" पुनीत ने आत्मीयता से कहा। चपरासी बाहर चला गया।

"पापा ऐसा है...?"

"पुनीत ने सिगरेट सुलगा ली और लम्बा कश खींचकर अपर्णा को सुनना शुरू किया। सुनने के साथ वह अपर्णा के चेहरे को ग़ौर से देख भी रहे थे। उसके चेहरे पर भावनाओं की आड़ी-तिरछी रेखाओं को साफ़-साफ़ पढ़ा जा सकता था। आवाज़ कभी तेज़ हो जाती थी, कभी धीमी, गले की नसें फूल उठती थीं।

उसने बोलना बंद किया, तो पाया, गला सूख गया है, लेकिन उठकर पानी पीने की हिम्मत नहीं थी। नौकर को बुलाना नहीं चाहती थी। पानी पीने का ख़्याल त्याग दिया। वह पुनीत को सवालिया आँखों से देखने लगी।

ख़ामोशी छा गई। कमरे का हर हिस्सा दूसरों से कटा हुआ लग रहा था। मालूम होता था, समय ठहर गया है। लगता अपर्णा के शब्द फ़र्श और छत के बीच टँगे हैं। कुछ क्षणों के लिए उस कमरे का अस्तित्व सारे संसार से अलग-अलग-सा

हो गया था। पूरे माहौल में भारीपन फैला हुआ था।

पुनीत ने सिगरेट जलाकर कहना शुरू किया, "देखो बेटे, वैसे यह तुम दोनों का पर्सनल मामला है।" वह काफ़ी सोचकर-विचार कर बोल रहे थे, "फिर भी चूँकि तुमने मुझसे कहा है, इसलिए कुछ कह रहा हूँ। दरअसल मेरिज के पहले ही तुम्हें इन सब चीज़ों पर सोच लेना चाहिए था। तुमने नहीं साचा, मुझे इस बात पर हैरत है। दूसरी बात, तुम जो शिक़ायतें कर रही हो वे ठीक नहीं हैं। लोअर क्लास और मिडिल क्लास की औरतों की तरह ऐसी चीज़ों पर अधिक ध्यान दोगी, तो तुम्हारी लाइफ़ चौपट हो जाएगी। हमेशा के लिए टेन्शन पाल लोगी..."

"पर पापा मैं क्या करूँ ? मैं इस तरह नहीं रह सकती। परीक्षित...अब क्या कहूँ पापा।" अपर्णा बहुत निरीह लग रही थी।

पुनीत कुछ सोचने लगे। एक लम्बी साँस छोड़ी, "ठीक है, अगर तुम्हारी इतनी ज़िद है तो तुम्हारी शादी में जो होममिनिस्टर आए थे, उनसे कहकर परीक्षित का ट्रांसफर होमगार्ड में करा देता हूँ। वहाँ न पैसा रहेगा, न पावर। अपने आप दिमाग़ दुरुस्त हो जाएगा। बोलो ठीक है न ? लेकिन सोच लो।"

अपर्णा ने घबराकर कहा, "नहीं पापा, ऐसा मत करिएगा। परीक्षित ठीक है। बहुत अच्छा है।"

पुनीत के होंठों पर सुख और संतोष की मुस्कराहटें खेलने लगीं। उनकी सिगरट बुझ गई थी। उन्होंने नई जला ली।

घाल-मेल

सुशील कुमार में कुछ नई आदतों का विकास होने लगा था। मसलन, वह देर-देर तक शीशे में चेहरा देखने लगा था। अब भाई के छोटे हो गए कपड़ों को पहनते समय उसका मन विद्रोह से भर उठता था। फ़िल्मी अभिनेत्रियों की तस्वीरें उसे शिद्दत से आकर्षित करतीं। उसने क्रीम-पाउडर ख़रीदकर एक झरोखे में रख लिया था। सुबह कालेज जाते समय कमरा बंद कर लेता और पोतने लगता। इस वक़्त उसमें अपरम्पार सनसनी भरी रहती। हालाँकि घर वाले उसकी इस रहस्यमय करतूत को जान गए थे। और कमरा बंद होते ही मुस्कराने लगते थे, किंतु वह यही समझता कि लोग उसके कौशल से अनभिज्ञ हैं। कलियुगी लड़कों की तरह अभी उसके पंख नहीं लगे थे। वह भोला-भाला और आदर्शवादी था। हालाँकि गीता नाम की लड़की से उसका चक्कर था।

सुशील कुमार क्लर्क-पुत्र था। उसके किराऐ के मकान के सामने एक इंजीनियर का आलीशान बँगला था। इंजीनियर के पास कुछेक ट्रक, कार और एक लड़की थी—अमृता। वह छात्रा थी। उसने अपने सामने के बालों को थोड़ा कतर दिया था। वह भावुक उपन्यासों को पढ़ने लगी थी और चाट की शौक़ीन हो गयी थी। कोई नया फ़ैशन उसकी सहेली उससे पहले अपना लेती तो वह आग-बबूला हो उठती। बम्बइया फ़िल्मों में उसकी गहरी रुचि थी। एक दिन उसने कत्थक सीखने का फैसला कर डाला। इंजीनियर साहब ने एक बूढ़ा गुरु तलाश करवा ही लिया। वह कत्थक सीखने लगी।

सुशील कुमार जीव-विज्ञान की एक शाखा जन्तु-विज्ञान की कापी पर चित्र बना रहा था कि तबले की थाप सुनी। उसके कान खड़े हो गए। वह चौकन्ना हो गया। इंजीनियर साहब के घर से आवाज़ें आ रही थीं। एक दिन, दो दिन सप्ताह बीत गया—रोज़ तबले की थाप, घुँघरुओं की झनक, कभी-कभी हँसी। उसके भीतर का आदर्शवादी नौजवान पीड़ा से कराह उठा, "तो अमृता से उसका बाप वेश्यावृत्ति

करा रहा है। इतना पैसा होने के बाद भी इस नरपिशाच की हवस पूरी नहीं हो सकी है।" उनसे प्रण किया, "मैं अमृता को इस नर्क से बाहर निकालूँगा।"

अगले दिन वह अमृता के स्कूल जाने वाले रास्ते में खड़ा हो गया। क्रोध और शौर्य की प्रतिमूर्ति लग रहा था वह उस समय। अमृता ने अपनी छत से उसे कई बार देखा था। देखकर उसके भीतर यह इच्छा उठी थी कि यह लड़का उसे घूर-घारे लेकिन सुशील कुमार उस दौरान अपने पिता के दोस्त की पाँचवीं कुँवारी बेटी गीता के मामले में गम्भीर रोग का शिकार हुआ था। वह गीता को दहेज के दानव से आजाद कराने के सपने देखता और गीता को चाँद-तारे तोड़कर देने के वादे करता। कहने का मतलब यह कि उसने अमृता को ख़ास घूरा-घारा नहीं सो अमृता उसे रोगी मानकर भूल गई थी। आज रास्ते में देखता पाया, तो चकित रह गयी। वह करीब पहुँची, तो उसने कहा, "ज़रा सुन लीजिए।"

वह इठलाती और मुस्कराती हुई आगे बढ़ गयी। सुशील कुमार खड़ा रह गया। कह नहीं सका कुछ। उसने तय किया की ऐसी बातें कहने से बेहतर होगा कि लिखकर दी जाएँ। उसने पत्र में लिखा, "तुम बड़ी सुन्दर हो। तुम्हें एक नहीं हज़ार अच्छे लोग मिल जायेंगे, फिर तुम क्यों इस तरह की ज़िन्दगी जी रही हो। तुम्हारी यह दशा देखी नहीं जाती। तुम्हारा दुख दूर करने के लिए जान की बाज़ी लगा दूँगा। तुम बताओ, तुम्हें कैसे घर से बाहर निकालूँ। वैसे मेरे दिमाग़ में भी योजनाएँ हैं।"

पत्र पाकर अमृता मुस्कराने लगी और बोली, "परसों जवाब ले लेना।"

अमृता ने लिखा, "मेरे सुशील ! तुम बड़े एक्सपर्ट निकले ! अभी प्यार शुरू किया और अभी घर से भागने के लिए भी कहने लगे। और तुम बताओ, तुमने मेरे मन की दशा कैसे जान ली।"

कहाँ सुशील कुमार चला था अमृता का उद्धार करने, और कहाँ फँस गया प्रेम में। उसने अपने पिता के दोस्त की पाँचवीं कुँवारी कन्या गीता को भुला दिया और अमृता के प्रेम के झूले पर झूलने लगा। गीता ने उसकी बेरुख़ी पर पहले ताने दिए, फिर गुस्सा दिखाया, फिर रोयी और आख़िर में हार मानकर ख़ामोश हो गई।

सुशील कुमार के घर एक दिन सत्यनारायण की कथा थी। गीता ने अपनी अम्मा से सिरदर्द का बहाना बनाया और नहीं आयी। इधर सुशील कुमार अमृता के घर निमंत्रण देने गया, तो सेंध लगा बैठा ! घर में घुसने की जुगत बना ली। दो-चार दिनों में ही वह सड़क-छाप कुत्ते की तरह परक गया। रोज़ जाने लगा। अमृता के भाई का पंचवर्षीय लड़का उसकी ढाल था। वह कहता, "इस बच्चे से खेले बिना उसका खाना नहीं हजम होता।"

अमृता की आज्ञा और निषेधाज्ञा का वह गम्भीरतापूर्वक पालन करने लगा था। वह उसके संकेतों को तत्काल समझ लेता। उसकी मौजूदगी में अमृता बाहर से पसीने में लथपथ आती, तो वह कूलर की स्पीड तेज़ कर देता। वह कोई चीज़

तलाश करती होती, तो बिना बताए वह समझ लेता और कहता, "क्या उसे तलाश रही हो, देखो वहाँ पड़ा है।" वह दिखाता ज़रूर मगर उठाकर ख़ुद ही देता।

अमृता गद्गद थी। अब शीशे के सामने वह अपने को अधिक 'ब्यूटी-फुल' पाने लगी। इधर उसमें शोखी का प्रवेश हो गया था। इनके अलावा बात-बात पर हाथ-पैर झटकने-पटकने लगती थीं। नहाते समय देर लगाती और गाना गाती। इन सब बातों को देखते हुए मम्मी-पापा का शंकालु हो जाना स्वाभाविक था, लेकिन वे शंकालु की जगह कृपालु हो गए थे। अमृता की पाकेट मनी बढ़ा दी। उसका सेण्ट-वेण्ट अलग से ख़रीदा जाने लगा। मम्मी-पापा जन्मजात कुलीन नहीं थे, इसलिए अमृता की वर्तमान दशा देखकर मगन होते कि बिटिया ख़ूब तरक्की कर रही है। कितनी एडवांस है।...

हालाँकि मम्मी-पापा यह नहीं जानते थे कि उनकी पुत्री की सुशील कुमार से पट रही है। उनका विश्वास था कि क्लर्क का लड़का ऐसा सोचने की हिम्मत नहीं कर सकता। वैसे हकीक़त यह थी कि उन्हें प्यार-व्यार के जंजाल में बेटी का पड़ना क़तई पसंद नहीं था। वे बस इतना चाहते थे कि उनकी बेटी लोगों पर कहर ढाती रहे।

अमृता 'एडवांस' का शरीर अभी पूरी तरह विकसित हुआ ही था, साथ में दिमाग़ भी पूरी तरह समर्थ हो चुका था। सुशील कुमार की आज्ञाकारिता उसे बड़ी भली लगती। अब वह ख़ुद ही हुकुम चला देती थी, "जरा मेरी प्रेक्टिकल की कापी पर डिजाइन बना दो न।" या, "मेरी सहेली के यहाँ यह स्वेटर पहुँचा आओ न।" यद्यपि अमृता के घर पर सरकारी कर्मचारी नौकर के तौर पर काम करते थे किंतु उससे काम कराने में वह हार्दिक सुख अनुभव करती।

वह पूरी लगन और मेहनत के साथ अमृता के काम करता था।

अमृता की इच्छाएँ उसके लिए ज़िन्दगी का सबसे बड़ा मक़सद बन गई थीं। एक दिन मेज़ के दोनों किनारों पर रखी कुर्सियों पर वे दोनों बैठे थे। उनके पैर अपना काम कर रहे थे लेकिन मुँह पर प्रचुर भोलापन विराजमान था। मम्मी भी वहीं बैठी थीं। यकायक बिजली गोल हो गयी। दोनों ने पैर हटा लेना उचित समझा, कहीं मम्मी से रगड़-घिन्नी न हो जाए। बिजली आने पर अमृता ने कहा, "तुम लाइट कलर के कपड़े क्यों नहीं पहनते ? अँधेरे में बड़े ख़राब लग रहे थे।"

"मैं पहनूँगा।" उसकी आत्मा में तूफ़ान मच गया। वह सीधे घर पहुँचा। उसने फ़रमाइश रख दी। कपड़े खरीदना और सिलवाना पहली तारीख़ को भी एक समस्या थी, फिर आज तो चौबीस तरीख़ हो गई थी। पिता ने साफ़ मना कर दिया लेकिन वह नंगई पर उतर आया। गर्जन-तर्जन पर उतर आया। घरवालों ने समझा, इसका दिमाग़ सनक गया है। कर्ज़ से कपड़े ले देना ही मुनासिब लगा उन्हें। पिता ने मकान-मालिक का किराया रोककर कपड़ा ले दिया।

एक बार अमृता ने उससे कहा, ''तुम कुछ दुबले हो।'' उसने अपनी ख़ुराक बढ़ा दी।

वह अमृता की ख़ुशी में बढ़ोतरी के लिए नये-नये तरीके सोचता रहता था। इस अभियान में उसकी कल्पनाशीलता उपजाऊ हो गई, और वह कविता करने लगा। उसकी कविताएँ दो प्रकार की होतीं। एक, जिसमें प्रेम की भावनाएँ हिलोरें लेतीं और दूसरी, जिसमें ख़स्ताहाल घर की तकलीफों का ज़िक्र होता। अमृता पहली तरह की कविताएँ पसंद करती और वह दूसरी तरह की। वैसे सच्चाई यह थी कि दोनों में से कोई पसंद करने लायक़ नहीं थी।

एक तो करेला, उस पर नीम चढ़ा। सुशील कुमार कविता और लड़की के फाँस में इस कदर उलझा कि थर्ड डिवीजन में पास हुआ। दूसरी तरफ़ अमृता फर्स्ट डिवीजन में पास हुई। उसके फर्स्ट डिवीजन में पास होने के पीछे दो कारण थे। पहला, उसने प्रेम को खिलाड़ी भावना से लिया था। हर काम करने के बाद शाम को मुहब्बत की भी थोड़ी प्रेक्टिस कर लेती थी। दूसरे उसके पिता ने प्रेक्टिकल में सर्वाधिक अंक दिलवाने से लेकर कापी जाँचने वालों को पटाने में कोई कसर न छोड़ी। दसों दिशाओं में ठेकेदारों को छोड़ दिया था।

फर्स्ट आने के बाद अमृता में एक परिवर्तन हुआ। अब सुशील कुमार उससे मिलता तो उपदेश देने लगती, ''तुम पढ़ाई-लिखाई पर ध्यान दो। तुम्हें एक बहुत बड़ा आदमी बनना है। जो हुआ सो भूल जाओ।''

सुशील कुमार इन बातों को सुनकर झुंझला उठता। कई बार मन में आया कि कह दे, ''बड़ा आदमी बनने के लिए बाप का धनवान होना ज़रूरी होता है।'' लेकिन वह शान्त रहा। क्योंकि उसने एक कलैण्डर में पढ़ा था कि क्रोध समस्त पापों का मूल है। वैसे भी अमृता फर्स्ट थी, तो थी। दोनों के बीच डिवीजन की विभाजक रेखा नयी-नवेली दुल्हन के सिंदूर की तरह खुल्लमखुल्ला चमक रही थी। वह अमृता से मुँह छिपाता फिरता।

वक़्त सब घावों को भर देता है। तीन-चार महीनों में सुशील कुमार के भी घाव भर गए। उसने अमृता के साथ अपना कारोबार शुरू कर दिया। बल्कि अब थोड़ा दुस्साहसी हो गया था। अकेला पाकर चूम भी लेता था। दो-चार बार असफल प्रतिरोध करने के बाद अमृता अब इस काम में भी उससे आगे बढ़ गई थी।

सुशील कुमार परम प्रसन्न रहने लगा था। यदि वह थोड़ा और होशियार होता, तो अमृता को 'दूधो नहाओ पूतो फलो' का आशीर्वाद दे देता। वैसे मौक़ा-बे-मौक़ा उसकी परम प्रसन्नता भंजित भी होती और वह महसूस करने लगता कि अमृता उसे सच्चा प्यार नहीं करती। कई बार ऐसा हुआ कि वह अमृता के घर गया, तो घर में कुछ लोगों ने फ़िल्म का प्रोग्राम बनाना चाहा। अमृता उसके और फ़िल्म के बीच फ़िल्म का चुनाव करती। उसकी कविताओं और चाट में दूसरे को ज़्यादा महत्त्वपूर्ण

मानती वह। सुशील कुमार पीड़ा से कराह उठता था। वह बौखला जाता था।

सुशील कुमार की एक कविता छपी। वह दौड़ता हुआ अमृता के घर पहुँचा। उसे हँफनी आ गई थी। किसी तरह वह सूचित कर सका। अमृता ने कविता पढ़कर उसकी तरफ़ प्रशंसा भरी आँखों से देखने की जगह कहा, ''कुछ खिलाओ-पिलाओ इस ख़ुशी में।''

''बिल्कुल-बिल्कुल।'' वह हड़बड़ा गया और एक बार फिर बोला, ''बिल्कुल।''

''तो लाओ पैसा, मँगाते हैं बर्गर सर्वेण्ट से, अरे भगत...''

''नहीं मैं ही ले आता हूँ। बढ़िया।'' बिना जवाब सुने वह बाहर निकल आया, रुपयों की खोज में। वह गैस भरे गुब्बारे की तरह फूलकर तन गया था। वह बुदबुदाया, ''मैं तुम्हारा सर्वेण्ट हूँ अमृता।''

संयोग से आज फिर महीने का आख़िर था, जिसमें पंद्रह-बीस रुपए दुर्लभ ही होते हैं। दोस्तों से पहले काफ़ी क़र्ज़ ले चुका था। क्या करे ? उसने घर से दो किताबें हाथ में लीं और आध घण्टा के भीतर बेचकर खाद्य-सामग्री से लैस हो गया।

अमृता के घर वालों ने खाया और कहा, ''चटनी टेस्टी नहीं है।'' सुशील कुमार का सिर शर्म से झुक गया। जैसे कहा गया हो कि वह चोर है।

इस प्रेम-प्रसंग ने सुशील कुमार को तो क़र्ज़दार बनाया ही, साथ ही आर्थिक मोर्चे पर पिता को अधिक बड़ा योद्धा बना दिया। कपड़ों और पॉकेट मनी की माँग ने पिता को चिड़चिड़ा बना डाला। इतने तक ग़नीमत थी, यहाँ तो गाहे-बगाहे घर से रुपए भी लापता हो जाते। पिता परेशान थे, माँ दुखी। एक बार माँ की पुड़िया में सहेजी गई कील ग़ायब होकर अमृता की शोभा बढ़ाने लगी, तो पिता की अच्छी-ख़ासी डायरी में अमृता फ़िल्मी ग़ज़लें लिखने लगी। घर की बिगड़ी स्थिति ज़्यादा बिगड़ रही थी। घर का लड़का सुशील कुमार बिगड़ रहा था। वह अब नई काट के कपड़े पहनने लगा था। कपड़ों पर सेण्ट छिड़कने लगा था। चश्मा भी ख़रीद लिया था। पैण्ट की पिछली जेब में रूमाल खोंसे रहता था पट्ठे को अब पंख लग गए थे।

लेकिन वह बेहद परेशान भी था। उधार देने वाले अब धमकियाँ देने लगे थे। एकाध बार सरेआम बेइज़्ज़त भी हो चुका था। दूसरी परेशानी की बात वह महसूस करता कि खुद उसके प्यार में जो गहराई, ऊँचाई और पक्कापन था, उसका एक-चौथाई भी अमृता के प्यार में नहीं था। जैसे, कभी-कभी वह अमृता के घर निर्धारित समय पर पहुँचता, तो पता चलता कि वह सो रही है। इतने तक भी ठीक था। किसी-किसी छुट्टी के दिन दोपहर में उम्मीदें लेकर जाता, थोड़ी देर वह बातचीत करती फिर जमुहाई लेकर कहती, ''भई अपन तो चले सोने।'' और सुशील कुमार उसके भाई के पंचवर्षीय लड़के को खिलाता रह जाता।

ऐसे समय में उसे अपने भूतपूर्व प्रेम की नायिका गीता की याद आती। कैसे वह शाम को छत से देखती और दौड़ती हुई नीचे आकर दरवाज़ा खोलकर मुस्कराने

लगती थी। वह कभी जल्दी वापस लौटता तो उसकी आँखों में कितनी शिकायत भर उठती थी। तकलीफ़ में जीने के बावजूद लालच ज़रा भी नहीं थी। एक बार उसने क़ीमती पैन भेंट किया, तो उसने क़सम दिला दी कि आइन्दा से कभी महँगी चीज़ न दे। गीता की याद के रूप में बहुत-सी चीज़ें थीं उसके पास। कितने सारे रूमाल थे। उसके हाथों का बुना स्वेटर वग़ैरह-वग़ैरह।

अमृता के प्रेम ने सुशील कुमार को गीता से ही दूर नहीं किया था, बल्कि ख़ुद अपने घर वालों से भी दूर कर दिया। वह घर वालों से कोई मतलब नहीं रखता था और घर वाले उससे कोई मतलब नहीं रखते थे। संबंध केवल खाने-पीने-सोने तक का रह गया था। अम्मा-बाबू को उसकी वेश-भूषा, चाल-ढाल—सभी से परायेपन की बू आती। शुरू में वे दुखी होते थे किंतु अब संतोष कर लिया था, कभी-कभी ही पीड़ा उठती थी।

और सुशील कुमार तो इस तरह घरफरामोश हो गया था कि अमृता के सामने घर की बात-चीत करने से बचता रहता। जैसे बीच सड़क पर पैण्ट फट जाने पर आदमी पीछे वालों से बचता है। या दीर्घशंका से ग्रस्त मनुष्य शौचालय भागते समय परिचितों से बचता है। घर की स्थिति फटीचर थी। सब कुछ लस्टम-पस्टम चल रहा था। पहले सुशील कुमार भी और लोगों की तरह लफूझन्ना था किंतु अमृता की मुहब्बत ने उसे छैल-छबीला बना दिया था। वह घर की बात पर इसलिए कटता था कि उसके घर की हैसियत गई-बीती थी। उसके पिता कचहरी में बाबू होने के साथ-साथ बाबुओं की पोशाक कमीज़-पाजामा भी पहनते थे। थोड़ा चढ़ा हुआ पाजामा। अम्मा नाक सुड़कने वाली महिला थी। जबकि अमृता के बाप गर्मी में भी सूट पहनने वाले शूरवीर थे। अमृता की माँ जाड़े के दिनों में भी तीन-चार बार काँखों में सेंट छिड़क लेती थीं। दोनों घरों में ज़मीन-आसमान का फ़र्क़ था।

मगर घरों के बच्चे थे कि दावा करते थे, उन्हें एक-दूसरे से मुहब्बत है। यह प्रेम सुचारु ढंग से चलता भी रहता किंतु हफ़्ता-दस दिन में कोई ऐसी घटना हो जाती कि सुशील कुमार का दिल कर्र...ऽ...ऽ, से फट जाता। जैसे कि एक अधेड़ व्यक्ति इंजीनियर साहब के घर आये। वह कोई फ़िल्म बना रहे थे, ऐसा उनका कहना था। अमृता उसे भूलकर उस फिल्म वाले के आस-पास मँडराने लगी। वह तो पिछले महीने आए बुज़ुर्ग को मादक निगाहों से देखने लगी थी। क्योंकि उन्होंने उसे उम्मीद दिलाई थी कि दिल्ली आने पर अमिताभ बच्चन के साथ उसकी फ़ोटो खिंचवा देंगे।

शायद यही कारण था कि सुशील कुमार जीवन में कई चीज़ें बनने के ख़्वाब देखता था। कभी वह टाप क्लास का हीरो बन जाता, तो कभी आई.ए.एस. आफ़िसर। कभी मन्त्री बनना चाहता, तो कभी घुड़सवार।

इसी क्रम में उसने पति बनने का स्वप्न देखा। उसने सोचा, अमृता प्रस्ताव से बहुत ख़ुश होगी।

सुशील कुमार पर वज्रपात हुआ। अमृता ने ख़ुशी नहीं ज़ाहिर की। उसने जो कुछ कहा, उसका निचोड़ यह था "कि मम्मी-पापा नाराज़ हो जाएँगे।" सुशील कुमार गहरे ग़म में डूब गया। अभी वह ग़म में डूबा ही था कि पाया, उसकी निरीक्षण-शक्ति तेज़ हो गई है। उसने ध्यान दिया, अमृता के बाप उसकी शादी के लिए दौरा करने लगे थे। सुशील कुमार के सामने सारे सहस्यों पर से पर्दा उठने लगा, अमृता उसके सामने ही फ़ोटो खिंचवाने चली गई थी। हँसी-ख़ुशी के साथ। ठसके से कार में बैठकर दरवाज़ा बंद कर लिया था बेवफा ने।

घर में कोई शादी की बात करता, तो अमृता ख़ुश होती और सुशील कुमार के हृदय पर तलवारें चलने लगतीं। वह बहुत मौक़ा ताड़ रहा था कि एकान्त पाकर अमृता से कुछ पूछे किंतु वह पुट्ठे पर हाथ नहीं रखने देती, हमेशा दूर-दूर रहने लगी थी। मम्मी के संग उसकी घनिष्ठता यकायक बढ़ गई थी।

आख़िर उसे अवसर मिल ही गया। मम्मी किसी आवश्यक कार्य से पड़ोस में गई थीं। अमृता को देखते ही उसने उसका हाथ पकड़ लिया, "आखिर तुम मुझसे अलग हो ही गई। तुम मुझसे शादी कर लो अमृता।" वह रुआँसा हो गया।

"ये तो मम्मी-पापा की बात है। इसमें मैं क्या कर सकती हूँ। मेरी तो मैरिज भी सेटिल्ड हो गई है। डॉक्टर है लड़का।"

लेकिन एक दिन अमृता नरम हो गई। इस बार वह मौक़ा ताड़ रही थी। उचित समय आने पर उसने सुशील कुमार की हथेलियाँ अपनी हथेलियों में ले लीं और कहा, "सुशील, तुम्हारी यह दशा देखी नहीं जा रही है। लेकिन क्या करूँ। मैं भी मज़बूर हूँ। ख़ैर तुमसे एक बात करनी है ?"

"क्या ?"

"मेरी चिट्ठियाँ वापस कर दो। वे अब तुम्हारे किस काम की ?"

और एक दिन सुशील कुमार से अमृता ने कहा, "सब ख़त्म हो गया। अब मेरे घर मत आया करो। क्या फ़ायदा ?"

इन सब बातों से उसे इतना सदमा पहुँचा कि वह सिगरेट पीने लगा। उसने दाढ़ी बढ़ा ली। मौक़ा पाते ही घर के सामने कुर्सी निकालकर बैठ जाता और अमृता के घर की तरफ़ घूरने लगता। जब कोई लाभ न होता, तो कहता, "ओ बेवफा।" और भीतर आ जाता।

वह पश्चात्ताप की अग्नि में जलने लगता, "भगवान मुझे दण्ड दे रहा है। मैंने गीता के साथ बेवफाई की। अब अमृता ने मेरे साथ बेवफाई की है।" वह गीता की दी हुई कोई रूमाल निकाल लाता और कहता, "मैं कितना विचित्र इनसान हूँ।" लेकिन जल्द ही वह गीता के ख़्याल को झटककर अमृता को खोने के दुख में रोने की कोशिश करने लगता। वह रोता था, कुछ इसलिए भी कि उसकी धारणा थी कि बिना रोये उसके प्यार की सच्चाई साबित नहीं होगी। वह आँखें दबा-दबाकर

आँसू निकालता। करवट के बल लेट जाता, जिससे आँख का आँसू कोरों की ढलान पाकर आसानी से लुढ़क जाए। वैसे कभी-कभी पूरी मशक़्क़त के बाद न निकलते कमबख़्त।

वह इस समय ऊबड़-खाबड़ मनःस्थिति में जी रहा था। अमृता के विवाह को लेकर वह ईश्वर से प्रार्थना करता कि उसे लाखों में एक पति मिले किंतु मन में इच्छा यह उठती कि उसका पति काला-कलूटा-कुरूप हो। एकाध कान ही न हो साले के पास। या गंजा निकल जाए ससुरा।

उसके मन में समूचे डॉक्टर समुदाय के विरुद्ध घृणा भर गई थी। डॉक्टरों को वह संसार का भ्रष्ट और नीच प्राणी मानने लगा था।

उम्र और दिन बीतते देर नहीं लगती, इक्कीस अक्तूबर को गाजे-बाजे बजने लगे। सुशील कुमार के घर भी निमंत्रण आया था। उसके पिता ने जाकर ग्यारह रुपए न्यौता दे दिया। अमृता के घर पर कारों, स्कूटरों आदि का ताँता लगा हुआ था। नेता, अफ़सर और ठेकेदार गर्व से अकड़े हुए थे।

सुशील कुमार सूनी-सूनी उदास आँखों से देख रहा था, सबकुछ। वह सोच रहा था, उसका संसार उजड़ गया है। दुनिया लुट गयी है।

वह जान-बूझकर अमृता की सहेलियों के सामने आ जाता, कहीं अमृता ने उसे बुलाने के लिए न भेजा हो। लेकिन जैसे कोई सड़क पर शराबी देखकर बगल हट जाता है, वैसे वे उसे देखकर करतीं। वह हताश और दुखी मन लिये मँडरा रहा था।

दूल्हा सुन्दर नहीं, तो कुरूप भी नहीं था। पीड़ा से भर उठा वह। लेकिन आदर्श प्रेमी की तरह उसने प्रभु से प्रार्थना की, "अमृता का जीवन सुखी रखना।" मगर थोड़ी ही देर बाद वह संतप्त हो उठा, "अमृता का पति शराबी-कबाबी निकल जाता। पीटता उसको। तब देवी जी मुझे याद करतीं और अपनी भूल पर पछतातीं। या अमृता का पति चरित्रहीन हो, डॉक्टर तो नर्सों के साथ रंगरेलियाँ मनाते ही हैं। या हरामजादा नपुंसक होता...।" उसने सोचा, भगवान करे ऐसा कभी न हो लेकिन यदि दो-चार दिनों बाद उसकी पति मर जाए। वह रोती हुई उसके पास आए और कहे, "सुशील मुझसे ग़लती हो गई थी। मुझे माफ़ कर दो सुशील।" उसने तय किया, वह उसे हृदय से लगाकर अपनी महानता का परिचय देगा।

अगले दिन नाश्ता-पानी के बाद बारात विदा होने लगी। सुशील कुमार गुस्से और तकलीफ़ से भरा हुआ था। मन-ही-मन बारातियों को ग़ालियाँ दे रहा था। माँ-बहन की ग़ालियाँ। अमृता को–उसके पति–सभी को अमृता की कार रेंगने लगी...।

थोड़ी देर में कार फुर्र...ऽ...ऽ हो गई। कार के जाते ही जाने क्या हुआ कि सुशील कुमार फफक पड़ा। आँखों में मोटे-मोटे आँसू भर आए।

लोगों की निगाहों से बचने के लिए वह तेज़ क़दमों से चलने लगा। एक सुनसान

पार्क में घुस गया। वह फूट पड़ा। हथेलियों में मुँह छिपाकर फफक-फफककर रोने लगा। जैसे उसके हृदय का कोई बाँध टूट गया हो—रोता जा रहा था। गला सूख गया था, हिचकियाँ बँध गयी थीं मगर वह रोता रहा था...।

एक दिन बीता। दो तीन बीते—वह रोज़ रोता। घर में पड़ा रहता, बाहर निकलने का मन नहीं होता। बार-बार इच्छा होती, माँ आकर बालों में हाथ फेर दे या बाबू उसे डाँटें या भइया आकर उसे जबरदस्ती उठा दें लेकिन किसी ने कुछ नहीं किया। इधर बहुत दिनों से लोगों ने उसके प्रति अपनी आदतें बदल ली थीं। उसने लोगों को खो दिया था।

चार-पाँच दिनों बाद उसके आँसू सूखे, तो उसने सोचना शुरू किया। उसके मन में गीता का ख़्याल उभरा। वह पश्चात्ताप से भर उठा, "अमृता के प्रेमजाल में फँसकर बेचारी गीता को धोखा दे बैठा।" वह बुदबुदाया, "अमृता ने मुझ पर काला जादू कर दिया था। गीता मैंने तुम्हारे साथ बहुत बुरा किया। मैं पापी हूँ गीता।"

रात उसने अमृता और गीता के द्वंद्व में काटी। सुबह भी उसका वही हाल था। उसकी आत्मा उसे कचोट रही थी। उसने अपनी आत्मा से कहा, "धिक्कारो, मेरी आत्मा धिक्कारो।" और सिगरेट पीने लगा। थोड़ी देर बाद वह धुएँ का गुच्छा बनाने लगा। इस निर्माण-कार्य में व्यस्त होने के बाद उसे शान्ति मिलने लगी। लेकिन थोड़ी देर बाद वह पुनः बेचैनी से ग्रस्त हो गया। वह उद्विग्न था। किसी काम में उसका दिल नहीं लग रहा था।

अगले दिन उसने गीता के नाम एक पत्र लिखा। पत्र में ग़लतियों को माफ़ करने की प्रार्थना करते हुए प्यार को फिर से चालू करने की ज़िद की गई थी।

गीता ने जवाब दिया, "हम पाँच बहनें हैं और हमारे पिता के पास पैसे नहीं हैं। अगर तुम दहेज न लो, तो मैं तुम्हारे साथ शादी कर सकती हूँ, लेकिन प्रेम नहीं। तुम प्रेम के काबिल नहीं। सच कहूँ, तो घृणा के पात्र हो। हाँ, शादी करनी हो, तो बताना। वैसे मुझे उम्मीद है कि अमृता का साथ पाकर रुपयों के पीछे भागना सीख गए होगे। मेरी एक सलाह है, कोई अच्छी-सी नौकरी पा लो। इससे तुम अपने को अधिक दाम में बेच सकोगे।"

सुशील कुमार पत्र पढ़कर हतप्रभ था। उसे लग रहा था, पैरों-तले ज़मीन नहीं है। उसका पूरा शरीर काँपने लगा।

•

अचानक नहीं

सुग्गी रमेश का कान उमेठते हुए बोली, "मुर्ग़ा बनो।"

रमेश आँखें मिचमिचाकर घूरने लगा। तभी माँ का झापड़ पड़ा, "बनो मुर्ग़ा। मैं कह रही हूँ, बनो मुर्ग़ा।"

वह झुका। पैरों के नीचे से हाथ डालकर कानों को पकड़ा और मुर्ग़ा बन गया। सुग्गी के होंठ मुस्कराहट से फड़क उठे, "कुकड़ूँ कूँ बोलो।" वह हँसी रोक न सकी। ज़ोर-ज़ोर से हँसने लगी। रमेश का चेहरा खिसियाहट से सुर्ख हो गया।

वह नल पर नहाने चली गई। उसने कोयले से दाँत चमकाये। रीठे से बाल धोए ओर ईंट से एड़ियाँ रगड़कर साफ़ कीं। इस सफ़ाई का खास मक़सद था। रमेश के बाबू को आज वेतन मिलने वाला था। उसको रिझाकर रुपए अपने हवाले करने थे।

बालों में छोटी-सी कंघी घुमाती हुई बाहर आई, तो आधा घण्टा बीत चुका था। उसके बाल थोड़े रह गए थे। जब ब्याह हुआ था, तो मुट्ठी भर मोटी चोटी जाँघों तक लटकती थी।

कंघी बालों से भर गई थी। बाल निकालकर फेंक दिए। कंघी का बुढ़ापा झलकने लगा। कंघी के कई दाँत टूट गए थे, जो साबुत थे उनमें मैल ने घर बसाया था।

उसका दिल धक् से रह गया। मर्द का पैसा हवाले करने के चक्कर में वह भूल गई, बेटा मुर्ग़ा बना है। लपककर रमेश के करीब पहुँच गई, "अच्छा ठीक है। पर ख़बरदार जो फिर कभी किसी से मार-पीट की।" लेकिन वह मुर्ग़ा बना रहा।

"चल उठ।"

वह वैसे ही झुका रहा। फ़र्क़ यह हुआ, उसने ओठ भींच लिए।

सुग्गी सौ कोशिश करके हार गई, वह डिगा नहीं। वह घबरा गई। आसपास वाले भी जुटने लगे। कोई मोह में, तो कोई मौज में उठने के लिए कहने लगा, पर वह अड़ा रहा। उसका चेहरा लाल के बाद काला होने लगा था।

तभी नरायन आता दिखा। आकर बेटे की पीठ थपथपा दी। हमदर्दी पाकर दुख फूट पड़ा। बाप को पूरी तरह अपनी तरफ़ करने के लिए उसने अपने को धीरे से लुढ़का लिया और चिल्ला-चिल्लाकर रोने लगा।

वैसे सुग्गी को साफ़-सुथरा देखकर नरायन की तबीयत ख़ुश हो गई थी। लौटा भी ख़ुश था। क्योंकि एक तो वेतन मिला था, दूसरे बड़े लड़के दिनेश का ख़त। लेकिन रमेश को ख़ुश करने के लिए बनावटी गुस्से में बीवी को फटकारने लगा, "दरवाज़े पर क्या नौटंकी लगा रखी हो।" वह सुग्गी और रमेश को मवेशी की तरह घर की ओर हाँकने लगा।

दिनेश के ख़त में लिखा था कि उस अफ़सरी का नतीजा आने वाला है जिसमें उसके सभी पर्चे बढ़िया हुए थे। अब एम.ए. का इम्तिहान होने वाला है। उसके सारे पैसे ख़त्म हो गए।

नरायन ने पैसे वाली बात पर लीप दिया फिर घूम-घूमकर लोगों को चिट्ठी दिखाने लगा। उसकी आँखों में ख़ुशी और उम्मीद की तीख़ी चमक थी। रात होने पर घर लौटा, तो भूख भी चमक आई थी। चौखट लाँघते हुए रौब से बोला, "खाना परोसो।"

सुग्गी ने ठसके से कहा, "तुम तो अभी से अफ़सर के बाप हो गए हो। कह देती हूँ, मुझसे हेकड़ी बरदाश्त न होगी।" मुँह धोती के पल्लू से दबाकर हँसने लगी।

"हाँ...हाँ क्यों बरदाश्त करेगी हेकड़ी, अफ़सर की अम्मा जो हो गई है। अच्छा चलो जल्दी परोसो। भूख बड़ी ज़ोर की लगी है।"

"तुम हमेशा अपनी ही फ़िक्र में पड़े रहते हो। सुबह से लड़का भूख-प्यास से मर रहा है, उसकी फ़िक्र नहीं है।" वह गुस्से में उठ खड़ी हुई।

कटोरे में चावल-सब्ज़ी डालकर रमेश को खिलाने चली गयी। इधर नरायन कूदकर चूल्हे के पास पहुँच गया और एक बरतन में ढेर सारा चावल और सब्ज़ी निकालकर खाने लगा। चप-चप की आवाज़ से रसोई भर उठी। सुग्गी जब तक लौटती, वह दो लोटा पानी गले में उतारकर लंबी डकारें भी ले चुका था। सुग्गी चूल्हे के पास पहुँचे कि वह कूदते-फाँदते अपनी चारपाई तक पहुँचकर धम् से लेट गया और नाक में उँगली ठूँसकर दिनेश के बारे में सोचने लगा।

कम उम्र में ही दोनों की शादी हो गई थी। एक साल बाद दिनेश पैदा हुआ था। तब वे इंजीनियर माथुर साहब के बँगले में ही एक कोठरी में रहते थे। वह खाना बनाता और सुग्गी लड़के खिलाती। लड़कों ने उस पर इतना असर डाला था कि उसने अपने बड़े लड़के का नाम उन्हीं की तर्ज पर दिनेश रख दिया। दिनेश के पैदा होने के बाद सुग्गी पर चिकनाई चढ़ने लगी जिसे देखकर माथुर साहब अकसर विह्वल होने लगे। उनकी बीवी ताड़ गई और उससे कोठरी खाली कर देने के लिए

कह दिया। उसने कोठरी ख़ाली कर दी।

रमेश उसी की बग़ल में सो गया था; वह अभी भी नाक में उंगली डालकर सोचने में मशगूल था।

"क्या सोच रहे हो ?" सुग्गी धोती से हाथ पोंछते हुए आ गई थी।

"ज़रा पैर दबाओ।" उसने उठे हुए घुटने नीचे गिरा लिये।

सुग्गी पैर दबाने लगी, "क्या सोच रहे हो ?"

"कुछ भी नहीं।"

"मैं बताऊँ।"

"बोल।"

"दिनेश के बारे में सोच रहे थे।" सुग्गी की आवाज़ भर्रा गई। वह दिनेश के नाम भर से भावुक हो जाती। बात भी ऐसी थी, पैदा होते ही उसको सुग्गी ने आँखों का तारा बना लिया। बड़े यत्न से पाला। माथुर साहब के लड़कों से जौ भर कम ख़्याल न रखती। दिनेश कुछ बड़ा हुआ, तो उसका नाम बढ़िया स्कूल में लिखवाया। दिनेश भी मन लगाकर पढ़ता। पढ़ने में वह शुरू से ही तेज़ था। पर इन सबका एक हिस्सा यह भी था, सुग्गी क़र्ज़ के दलदल में धँसती जा रही थी।

दोनों के लिए चिंता की बात थी, दिनेश के पास रुपए कैसे भेजे जाएँ ? नरायन को वेतन आज ही मिला था किंतु उसे भेज दे, तो यहाँ कैसे चलेगा ? आख़िर नरायन ने तरकीब सोची, "ऐसा है, थोड़ा रुपया अभी भेज दिया जाए और बाक़ी कुछ दिनों बाद हो जाएगा।"

"यह ठीक नहीं होगा। दिनेश का दिल दुखेगा।"

वह भड़क गया, "तो कोई रुपए का पेड़ लगा रखा है कि हिला दूँ और तुम झोली भर लो।"

"देखो हमसे लड़ो मत। तुम क्यों हिलाओगे। मैं ही अभी हिलाकर लाती हूँ।" कहकर वह बाहर निकल गई।

नरायन का फक्कड़पन गायब हो गया। क्योंकि वह जानता था, सुग्गी कहाँ गई होगी। किसी महाजन के यहाँ क़र्ज़ माँगने गई होगी। क़र्ज़ की याद भर से उसके रोंगटे खड़े हो जाते।

रमेश रोता हुआ घर में घुसा। वह नंग-धड़ंग था। उसकी चमड़ी काली और फटी थी, जिस पर मैल की पर्त जमी थी। पेट फूला रहता था। वह चिल्ला तेज़ रहा था मगर आँसू एक बूँद नहीं गिरा था। हाँ, ओठों के ऊपर गिरी नाक सूखकर चमक रही थी।

"क्या है बे ?"

वह और अधिक चिल्लाने लगा, तो नरायन ने घुड़का, "बोलता क्यों नहीं कि

दूँ दो झापड़।''

वह डरकर बताने लगा कि पड़ोस के बच्चे मल्लू ने उसे मारा है। मल्लू की एक आँख चेचक में फूट गयी थी।

''क्यों मारा ?''

वह चिल्लाना बंद कर ख़ामोश हो गया। नरायन ने फिर पूछा। ''कुत्ता तो काटे नहीं होगा उस हरामज़ादे को। क्यों मारा ?''

''हम मल्लू को कानाराम बोल रहे थे...।''

''चलो उसका हाथ-पाँव तोड़ता हूँ।'' पर जितनी तेजी से वह भड़का था, शान्त भी हो गया। उसने सोचा, दिनेश सुनेगा तो क्या कहेगा ? अफ़सर का बाप कहीं झगड़ा करता है। सिर झुकाकर लौट आया, ''चल साले, गिनती सुना।'' लपककर कोने में पड़ा गन्ना उठाया और चारपाई पर पालथी मारकर पूरी रफ़्तार से स्वाद लेने लगा। जैसे गाय घास चर रही हो। रमेश भकुआ बना उसका मुँह ताकते हुए गिनती सुना रहा था—''तीन दहाई दो इकाई तीस दो बत्तिस...''

जब पेट में रस ज़्यादा हो गया, तो उसने रमेश से कहा, ''भाक् साले।'' और आराम से पसर गया।

सुग्गी लौटी, तो देखा। ज़मीन पर लेटा रमेश का चेहरा आँसुओं से भीगा है। वह समझ गई, बाप ने कुछ कहा होगा। मारता तो वह है नहीं।

रमेश से कुछ न कहकर सीधे नरायन के पास गई और लोटा भर पानी उसके मुँह पर गिरा दिया, ''ये पानी नहीं लड़के की रुलाई है पापी...''

वह हड़बड़ाकर उठा। समझ गया कि अब ख़ैर नहीं। रमेश को उठाया और उछालने लगा। कूद-कूदकर नाचने लगा। सुग्गी ने देखा, तो हँसते-हँसते लोट-पोट हो गई। मगर डर भी रही थी, कहीं गिर न पड़े हाथ ही तो है। अचानक उसे कोई बात याद हो आई हो जैसे। हँसी थम गई। चेहरे पर चिन्ता, दुख और कातरता के बादल एक-दूसरे को काटते हुए मँडराने लगे।

नरायन भी मुर्झा गया। दोनों की आँखें झुक गईं।

रमेश को जैसे मालूम हो गया कि अम्मा क़र्ज़ लेकर आई है। वह बोला, ''अम्मा भूख लगी है।''

सुग्गी ने एक लिफ़ाफ़ा पकड़ा दिया। उसमें लाल-लाल जामुन थे। वह लिफ़ाफ़ा लेकर चहकता हुआ चला गया। दोनों रह गए। दोनों ही अपने को मुजरिम मान रहे थे। सुग्गी को लगता, नरायन की आँखें कह रही हैं कि तुम कैसी जोरू हो, सब अपने मन की कर रही हो। नरायन को लगता, सुग्गी की आँखें कह रही हैं कि तुम कैसे मर्द हो कि मेरा रोआँ-रोआँ क़र्ज़ में डूबते देखते रहे।

हर बार यही होता, सुग्गी क़र्ज़ लेकर आती और दोनों पसोपेश में पड़ जाते।

सुग्गी ने काँपते हाथों से रुपया थमाया, ''दिनेश के पास भेज देना।''

जैसे पहली बार कोई ईमानदार आदमी घूस ले रहा हो, नरायन का दिल जोर-जोर से धड़कने लगा।

दिनेश पढ़ने में कमज़ोर न था। माँ-बाप ने भी सारी किल्लत-जहालत सहते हुए उसे बाहर पढ़ने को भेजा। वह जानता था कि उसकी पढ़ाई माँ-बाप को क़र्ज़ के समन्दर में डुबोती चली जा रही है लेकिन मन में एक चिराग़ जल रहा था कि अफ़सर बनकर सारा दुख दूर कर देगा। अब वह चिराग़ भी बुझ गया। अफ़सर की कौन कहे, क्लर्की का मोहताज हो गया। ज़िंदगी बसर करने तक का लाला पड़ गया। रोज़ अर्जी लिखना, लिखित और मौखिक परीक्षाएँ देना, नियुक्ति-पत्र का इंतज़ार करना और दर-बदर मारा-मारा फिरना, ठोकरें खाना, यही उसकी दिनचर्या थी। हालाँकि माँ-बाप को उसने अभी भी इस भूल-भुलैया में रखा था कि वह अफ़सर हो जाएगा।

फागुन का महीना आ गया था। पेड़ों से पत्ते टूटकर बेजान से ज़मीन पर बिखरे रहते। सुग्गी दरवाज़े पर आई, तो देखा, हवा तेज चल रही है। नीम की पत्तियों में जैसे जान आ गई हो, वे उड़-उड़कर खेल रही थीं। एक जगह ज़मीन लाल थी। शायद किसी ने किसी पर रंग फेंका था जो उस पर न पड़कर मिट्टी में रच-बस गया।

पड़ोस की चमेली भौजी भी बाहर निकल आई थीं। उनसे बात करते हुए वह झाड़ू लगाने लगी। थोड़ी देर बाद भीतर जाकर हाथ-पैर धोए। मुँह पर कड़वा तेल चुपड़ा। चौथाई घिसी चप्पल पहनकर किवाड़ में ताला लगाया। रमेश चमेली के यहाँ चला गया और वह काम पर।

काम करने के बाद वह लौटी, तो दिन पूरा चढ़कर आलस्य बिखेर रहा था। सुस्ती का आलम था। सुग्गी की आँखों में भी नींद का एक झकोरा आया। थोड़ा गुड़ मुँह में डालकर लोटा भर पानी पी डाला। फिर वह भाड़ के पास आ पहुँची। थोड़ा दाना इकट्ठा हो गय, था। उसने सोचा, भून डाले।

वह बहुधन्धी थी। बरतन माँजने के अलावा भी उसके पास कई रोज़गार थे। कभी दाना इकट्ठा हो जाने पर भाड़ जला लेती। घर में ही लेमनचूस, नल्ला, चूरन वग़ैरह रखकर थोड़ी कमाई करती। एक बकरी पाली थी, उसका दूध भी पानी मिलाकर बेच लेती। भाड़ के लिए पत्तियाँ और बकरी के लिए हरी घास ख़ातिर वह अकसर भटकती। भाड़ के लिए ज़्यादा मशक्कत करनी पड़ती। क्योंकि बकरी के लिए लोगों के घरों से सब्ज़ी के छिलके, चोकर आदि माँग लेती। मिल भी जाता था।

दाना भूनने-दरने के बाद सूप से फटक-पछोरकर साफ़ किया। आँचल से गर्दन का पसीना पोंछती हुई उठ खड़ी हुई। रमेश उसकी तरफ़ ललचाई नज़रों से ताकने लगा। सुग्गी ने आस-पास किसी को न पाकर एक झोले से मुट्ठी भर चना निकालकर रमेश की नन्ही जेब में डाल दिया। वह ख़ुश होकर चना खाते हुए माँ के साथ गेंद

की तरह ठुनकने लगा। सुग्गी उसे देखकर हँसी और दया से भर उठी। वह उसके घुटनों तक था। सुग्गी को इस बात का बेहद अफ़सोस था कि वह बढ़ नहीं रहा था। मटके की तरह फूला पेट। काली-फटी चमड़ी। कभी-कभी तो उसे देखकर घिन-सी आने लगती थी।

दो बच्चे चूरन ख़रीदने आए थे। उसने चूरन देकर ढक्कन बंद कर दिया। तभी नरायन हाँफता हुआ आया और मुँडेर पर ऐसे कूदकर बैठा, जैसे किसी ने फेंक दिया हो। उसका चेहरा ख़ुशी की बाढ़ में बहा जा रहा था...

"अरे दिनेश की नौकरी लग गई...."

"सच्च।" खुशी से सुग्गी की साँस फूल उठी।

"हाँ रे, यह।" वह जलेबी का दोना लिये हुए था।

सुग्गी ने आनन-फानन दो जलेबी निकालकर रमेश के मुँह में ठूँस दीं। वह रोने लगा।

नरायन चिल्लाया, "चोप्प हो जाहिल।" वह गालियाँ बकने पर आ गया, "इस साले को देखकर आँख फूटती है। हमेशा कोढ़ी जैसा बना रहता है। एक दिनेश था, शुरू से राजकुमार जैसा लगता था, तब जाकर उसे नौकरी मिली। तू...तू साले भीख माँगेगा भीख..."

"ये क्या बोल रहे हो ?" सुग्गी हाथ नचाकर बोली, "तुम्हारे मुँह में कीड़े पड़ेंगे कीड़े। भगवान के घर कौन शकल लेकर जाओगे ?"

नरायन गुस्सा हो गया और चन्द मिनटों में दोना भर जलेबी चट कर डाली। नतीजा निकला कि सुग्गी शान्त हो गई। उसके शांत होने पर नरायन के भीतर पछतावा का लावा फूटने लगा, "अनायास बेचारे को डाँटा, खुशी के मौक़े पर भी नहीं बख़्शा।" वह अपने बेतरतीब बालों को नोचने लगा।

सुग्गी मुहल्ले वालों को दिनेश की नौकरी की ख़बर देने भाग चली।

वह घुटन महसूस करने लगा। मन चाहता कि रमेश को मनाए मगर इसमें अपनी बेइज़्ज़ती महसूस करता था। आख़िर एक तरीक़ा निकाला। मुँडेर पर पाँव लटकाए हुए ही कड़का, "चल यहाँ आ। ज़रा पैर दबाकर उँगली चटखा तो।" रमेश पाँव दबाने लगा और वह रमेश को फुसलाने में जुट गया। वह बतलाने लगा कि अब उसे दिनेश के साथ रहना होगा। वहाँ गाड़ी में बैठकर घूमने को मिलेगा। खाने को हलुवा-पूड़ी-खीर मिलेगी...

रमेश ने उँगलियाँ चटखाईं, तो उसने बंडी की जेब से दस पैसे का सिक्का निकालकर उसकी हथेली पर रख दिया और कहा, "बंद कर ले।" रमेश उत्साह से लथपथ हो गया। सिक्का मुँह में रखकर बजाते हुए फिर बाप का पाँव दबाने लगा...

इसी बीच कई लोगों की चहलक़दमी और हँसी की आवाज़ें सुनाई पड़ीं। नरायन

के कान फैलकर सतर्क हो गए। वह मुँडेर से उतरकर चारपाई पर बैठ गया। हाथ छाती पर बाँधकर आँखों में क्रोध भर लिया और शान से अकड़ गया।

मच्छरों की तरह भनभनाते हुए मुहल्ले वालों का झुण्ड उसके पास पहुँच गया और बधाइयाँ देने लगा। लेकिन वह उस तपस्वी की भाँति तना था, जिसकी तपस्या में विघ्न पड़ा हो। लोग उसका क्रोधित चेहरा देखकर सहम गए। बोलने की हिम्मत खोने लगे थे कि जियावन दादा ने सुर्ती बनाकर फटकी दी। पास के एक लड़के को चुटकी भर देकर शेष होठों के नीचे रखने वाले ही थे कि नरायन का धैर्य जवाब दे गया। वह गिड़गिड़ा पड़ा, ''अरे दादा ! अकेले-अकेले।'' उसकी जान में जान आई। जियावन दादा ने सुर्ती देकर लोगों को घमण्ड से देखा कि देख लो, नरायन उन्हें कितना मानता है। मगर नरायन अब सनक गया था। जैसे उसी को नौकरी मिली हो। वह लोगों के पैर छूने लगा। पैर छूता और कहता, ''बड़का को आशीर्वाद दो।''

दिनेश को चपरासी की नौकरी मिली थी। वह भी ढाई हज़ार रुपए घूस पर। घूस वह नक़द नहीं दे सकता था, इसलिए हर महीने तनख़्वाह से सौ रुपए देना तय हुआ। कुछ दिनों पहले वह चपरासी की नौकरी के बारे में सोचता तक न था। इसी बात का असर था, उसे घर वालों से बताने की हिम्मत न हुई कि उसे चपरासी की नौकरी मिली। उसने बस इतना लिखा पत्र में कि नौकरी मिल गई है। शहर में कमरे का किराया भी कुछ कम न था। ज़िंदगी की गाड़ी किसी तरह घिसट रही थी।

बकरी मिमिया रही थी। वह प्यासी थी। सुग्गी ने छोटी-सी बाल्टी में पानी उसके सामने रखकर सहला दिया। बकरी प्यार से लापरवाह पानी पीने लगी। सुग्गी बरामदे में आई। अलमारी पर रखा कटोरा उठाया। सेठजी की औरत ने चावल-दाल दिया था। कटोरे को नाक तक लाकर सूँघा, हल्का-हल्का बदबू कर रहा था।

खा-पीकर वह बहुत ख़ुश हुई थी। घर में आज खाने के लिए न था। सोचा कि रमेश इसे खा लेगा। उसका और दिनेश के बाबू का क्या ? लोटा भर पानी पीकर सो रहेंगे। पर अब क्या होगा ? एक बार मन में आया, थोड़ा ही बदबू कर रहा है। खिला दे रमेश को। लेकिन उसका गुब्बारे-सा पेट और ठिगना क़द देखकर अब ऐसा करने का साहस न हो पाता था।

वह इसी उधेड़बुन में थी। रात भी गहराने लगी थी। उसके सिर में दर्द शुरू हो गया जो बढ़ता ही जा रहा था। रमेश दीवार पर कोयले से कुछ खुराफात कर रहा था। उसने देखा, तो फटकारने लगी, ''क्या कर रहा है बदमाश। अभी कम क़र्ज़ चढ़ा है ?''

''क्यों गला फाड़ रही हो ?'' बाहर नरायन था।

"पेट में एक दाना तो होगा नहीं और फट जाएगा गला।" सुग्गी ने दरवाज़ा खोलते हुए कहा, "तुम्हारे भी दिमाग़ की बलिहारी है।"

"पेट नहीं भरा है, तो भर जाएगा। नरायन मर गया है क्या ?" वह खँखारकर बोला। सुग्गी उसे अविश्वास से देखने लगी।

उसने अपना गमछा खोल दिया—कुछ रोटियाँ थीं। इंजीनियर साहब के यहाँ से चुरा लाया था। सुग्गी चुपचाप उठी। एक छोटी-सी पथरी में कड़वा तेल और काग़ज़ पर नमक ले आई। रोटियों में तेल चुपड़कर नमक लगाया फिर गोल-गोल पुपली बनाकर बाप-बेटे को पकड़ा दिया।

खाना ख़त्म करके नरायन ने पेट पर हाथ फेरते हुए नकली डकार लिया। सुग्गी घूरने लगी। खिसियाहट में वह भी सुग्गी को घूरने लगा...

सुग्गी के कपड़े बदरंग हो गए थे। हड्डियाँ उभरने लगी थीं। आँखें, जैसे किसी बिल से कोई जानवर झाँक रहा हो।

खा-पीकर सुग्गी ने एक मोमबत्ती जलाई, जिससे मोम गिराकर तलुओं में भरने लगी। उसके पैर बेहद फटे थे। तकलीफ़ होती थी। कभी-कभी उसमें से ख़ून रिसने लगता था।

मोमबत्ती बुझने पर वह अनमनी-सी उठी और चारपाई पर पड़ गई। वह ऐसे लेटी थी जैसे भारी दुख हो। उसकी यह दशा देखकर नरायन उदास हो गया। वह सुग्गी को मनाने लगा। सारी कोशिशें नाकाम होती देखकर गुदगुदी लगाने लगा। सुग्गी ने उसका हाथ झटक दिया। वह खिसिया गया। रमेश को कन्धे पर बैठाकर बाहर आ गया।

रात गहरी थी। मुहल्ले के लड़के चमेली की पुरानी चौकी होलिका के लिए लेकर भाग गए थे। वह घर से निकलकर चिल्लाते हुए 'सराप' रही थी।

नरायन खर्राटे ले रहा था। रमेश भी सोया था मगर सुग्गी की आँखों से नींद ग़ायब थी। दिनेश की नौकरी लगने से आने वाली खुशहाली का ख़्याल और क़र्ज़ की चिंता उसकी नींद उड़ा ले गए थे। क़र्ज़ उसकी तबाही की सबसे ख़ास वजह था। वह बढ़ता ही जा रहा था। ब्याज़ भरने में ही सारी कमाई ख़र्च हो जाती...।

उसने नरायन को पुकारा लेकिन रमेश जाग गया। सुग्गी रमेश को थपथपाने लगी। वह जल्दी ही सो गया।

सुग्गी धीमे से उठकर नरायन को हिलाने लगी। थोड़ी देर वह बेजान-सा हिलता रहा फिर गरजा, "हट यहाँ से।" और सो गया। सुग्गी फफक पड़ी। वह उसकी छाती पर घूँसे मारने लगी। रोती जा रही थी और पीटती जा रही थी।

नरायन हकबकाकर उठ बैठा। सुग्गी ने पीटना छोड़ दिया। वह अभी भी सुबक रही थी।

नरायन ने कान पकड़कर कहा, "महारानी माफ़ करो। बड़ी गलती हो गई। हुकुम हो, उठूँ-बैठूँ ?" वह कान पकड़े हुए ही ज़मीन पर खड़ा हो गया।

सुग्गी के होठों पर मुस्कराहट आ गई। उसने कहा, "बात करनी है।"

"जो हुकुम।" दोनों चारपाई पर बैठ गए। झरोखे से चाँदनी घुसकर जगमगा रही थी।

"क़र्ज़ सुरसा के मुँह की तरह बढ़ता जा रहा है।" सुग्गी ने साँस छोड़ी।

"फ़िक्र की कौन बात है ? दिनेश की नौकरी लग गई है। सारा क़र्ज़ यों हो जाएगा।" नरायन ने ज़ोर से चुटकी बजाई।

"अगर दिनेश लायक न निकला ?" उसकी आवाज़ काँप रही थी।

"लायक कैसे नहीं निकलेगा। आख़िर औलाद किसकी है ?" उसने अपनी छाती ठोंकी।

"हाँ औलाद तो हमारी ही है।" वह कुछ सोचते हुए अपने में ही बोली, "कहीं बेरहम न निकल जाए ?"

"बेरहम निकला, तो डण्डे से मार-मारकर कचूमर निकाल दूँगा लाट साहब का।"

"मारोगे।" वह घबड़ा गई। फिर संयत होते हुए बोली, "देखो दो महीने हो गए मगर कुछ भेजा नहीं। और छोड़ो, चिट्ठी तक न लिखी।"

"हाँ ये बात तो है।" वह भी सोच में पड़ गया।

"अच्छा छोड़ो, बताओ आगे क्या हो ? ख़र्च कैसे चलेगा ? अब कोई गहना-गुरिया भी नहीं रहा। भारी बरतन सब पहले ही बिक गए। कैसे निभेगा सब। कुछ सूझ नहीं रहा है।" लग रहा था, अभी रो पड़ेगी वह।

"फगुवा भी सिर पर है।"

"हाँ, वह भी है।"

जैसे-जैसे होली करीब आ रही थी, दिनेश की उमंगें ज़ोर पकड़ती जा रही थीं। उसमें घर पहुँचने की लालसा थी लेकिन साहब ने सब चकनाचूर कर दिया। उन्होंने कहा कि उसे होली के दो दिन पहले से चार दिन बाद तक उनके घर काम करना होगा। इस बात पर वह अपमान और ग्लानि के पहाड़ों-तले दबा हुआ महसूस करने लगा। दूसरी बात, उसे लगा कि वह अब घर कभी नहीं जा पाएगा। घर से उसका नाता तोड़ दिया गया।

उसे कसक साल रही थी, होली पर भी कुछ रुपए नहीं भेज पा रहा है। क्या सोचते होंगे अम्मा-बाबू ? मेरी ज़िंदगी बनाने के लिए अपने को तबाह कर डाला। रमेश का आराम-सुख छिन गया। फिर भी वह कुछ नहीं कर पा रहा है।

उसने सोचा, और कुछ नहीं तो रमेश के लिए चिकन का एक कुर्ता-पायजामा

ही किसी तरह भिजवा दे। उसका दिल बहुत कचोटता था लेकिन वह बेबस था।

सुग्गी कल रात थोड़ी देर सामान बनाती रही। आज होली जो थी। सामान बनाने के बाद लोगों के घरों का काम निपटाया। जब थकी-माँदी घर आई तो पाया, दिनेश अभी तक नहीं आया।

हालाँकि दिनेश ने कोई सूचना नहीं भिजवाई थी, फिर भी दोनों को पूरा भरोसा था कि वह होली में ज़रूर आएगा।

जल्दी ही लोग मस्ती का शरबत पीकर निकल पड़े। अभी सूरज उगा ही था, पर रंगों का जलवा था कि दिन जान-सा महसूस होता। लोगों के लंगूर बनने की शुरुआत हो गई थी। बच्चों को पिचकारी, बड़ों को बोतल और उनसे बड़ों को अपने हाथों व रंग-वार्निश पर यक़ीन था। कुछ लफंगे गधे पर सवार थे, तो कुछ ने गधे की पूँछ में कनस्तर बाँधकर भगदड़ पैदा कर दिया था। पूरा हुड़दंगई का आलम था।

नरायन आटा गूँध रहा था। रमेश के लिए सुग्गी ने एक पापड़ भून दिया था। ख़ुद वह सब्ज़ी छौंक रही थी लेकिन मन इन्तज़ार में था। वह दिनेश का इन्तज़ार कर रही थी। ज़रा-सा खटका होता, आँखें दरवाज़े की तरफ़ चली जातीं। तेज हवा चल रही थी, कुंडी अपने आप खड़कती, तो उसका दिल ख़ुशी से हुलस उठता था...। नरायन भी बेसब्री से इंतज़ार कर रहा था। मन्सूबा बाँधे था कि आने पर जब दिनेश पैर छूने लगेगा, तो वह मना कर देगा और गले मिलेगा।

रमेश होली खेलने के लिए मचलने लगा। नरायन ने तीन वर्षों से इस्तेमाल की जाने वाली पिचकारी थमा दी। वह मगन हो गया। वैसे भी ख़ुश था। क्योंकि उसे उम्मीद दिलाई गई, दिनेश उसके लिए एक से एक बढ़िया चीज़ें ले आएगा।

रमेश पिचकारी से पानी निकाल रहा था।

सब्ज़ी उतारकर सुग्गी ने पसीना पोंछा और रसोई से निकलकर चारपाई पर पड़ गई।

"क्या हुआ रे ?" नरायन दौड़ता हुआ आया।

"बोलो न। हमारी तबीयत ख़राब है।" उसने मुँह ढाँप लिया। नरायन बूढ़े की भाँति हाथ पीछे बाँधकर सिर झुकाए हुए चहलक़दमी करने लगा।

सुग्गी बेइन्तहा दुबली हो गई। कलाई की चूड़ियाँ अब ज़्यादा बजतीं। होंठों पर पपड़ी की मोटी पर्त थी। चमड़ी जगह-जगह पर फट गई थी। चारपाई पर पड़ी वह ऐसी लग रही थी, जैसे भारी बोझ-तले कोई परिन्दा बेदम पड़ा हो।

लोगों के यहाँ से दिन के बरतन साफ़ कर वह आई, और उसी तरह फिर लेट गई। रात हो गई। रात बीतने को हो आई पर उसकी तबीयत अनमनी ही रही। नरायन ने कई बार मनाने की कोशिश की मगर पल्ले कुछ न पड़ा। हारकर चुप

साध गया।

वह रात भर सो न सकी थी। आँखें झपकतीं भर कि चौंककर उठ जाती। लगता, दिनेश पुकार रहा है। पर दिनेश को न आना था, न आया। तारे डूबने लगे। सुबह हो चली।

"अब क्या आएगा ?" नरायन बड़बड़ाने लगा।

"कौन जाने, मोटर ही ख़राब हो गई हो ?"

"मोटर नहीं हमारी किस्मत ख़राब हो गयी। वह अब नहीं आएगा। भूले-बिसरे भी नहीं आएगा।"

"तुम्हारी आदत हो गई है ऊटपटाँग बोलने की। अच्छा सुनो तो एक बात कह रही हूँ, काटना मत।" वह यकायक उम्मीद और उत्साह की चमक से भर उठी थी।

"बोलो।" वह मूँछें खुजलाने लगा।

"काटना मत।"

"बोल न।"

"दुलारे दिनेश के शहर के पास नौकरी पर हैं। पुराने वाले पते पर जाएँगे, तो घर मालूम हो जाएगा। होली मनाकर वापस जा रहे हैं। रमेश को उन्हीं के साथ दिनेश के पास भेज दूँ।"

"ये सरासर अपनी बेइज़्ज़ती है।" नरायन की आवाज़ फट गई।

"आग लगे तुम्हारे दिमाग़ में।" ना मालूम कैसे सुग्गी के स्वर में थकान आ गई, "वह पराया है ? अपनी कोख से जन्मने वाले से कैसी बेइज़्ज़ती ?"

"कोख से पैदा होने से ही कोई औलाद नहीं हो जाता।" नरायन की आवाज़ में कठोरता थी।

"दिनेश के बाबू, मैं तुम्हारे हाथ जोड़ती हूँ।" उसने नरायन का पाँव पकड़ लिया, "रमेश को जाने दो।" उसकी आवाज़ में बीते वक़्त की उदासी का बल था।

दोनों ने रमेश को नहला-धुलाकर तेल लगाया। आँखों को काजल दिया। धुला-साफ़ कपड़ा पहनाया। होली का कुछ सामान एक पोटली में रखकर रमेश को दुलारे के साथ कर दिया।

रमेश बीच-बीच में इस तरह उछल रहा था जैसे कोई नाखून गड़ाये दे रहा हो।

सुग्गी एक पीढ़े पर उकडूँ बैठी थी। दिमाग़ में बार-बार रमेश का चेहरा उभरता था। वह मन-ही-मन में दृश्य रचती कि रमेश ऐसे बैठा होगा...रमेश खा रहा होगा...सोया होगा...रो रहा होगा...खेल रहा होगा...

"अब रमेश की ज़िंदगी सुधर जाएगी।" उसने समर्थन के लिए नरायन की

तरफ़ देखा, पर वह सींक से दाँत कुरेदता रहा।

"चलो अब हमारी ग़रीबी ख़तम हुई।"

तभी कुण्डी खटकी। नरायन ने जाकर दरवाज़ा खोला, दुलारे के साथ रमेश खड़ा था। रमेश का चेहरा उतरा हुआ था। गालों पर सूखे हुए आँसुओं के दाग़ थे।

दुलारे रमेश के साथ भीतर आँगन में आ गए। नरायन के पाँव काँपने लगे।

दुलारे एक साँस में बोल गए, "इसे दिनेश ने वापस भेज दिया। कहा कि कुछ दिन बाद बुलाएगा।"

"अब वह ससुरा क्या बुलाएगा।" नरायन ने कहा मगर उसकी बात सुग्गी की रुलाई में दब गई। वह पास पहुँचकर सब चुन चुकी थी। उसने रमेश को छाती से भींच लिया और फफक पड़ी।

दुलारे च...च्च...करते हुए निकल गए। नरायन ने भड़ाक् से दरवाज़ा बंद किया। आकर सुग्गी के सिर पर हाथ फेरने लगा।

सुग्गी रमेश को अनमोल चीज़ की तरह जगह-जगह छूती जा रही थी। रमेश के हाथ, नाक, पाँव, पेट, उँगलियाँ, वग़ैरह सब चूमे जा चुके थे और सभी भीगे थे। सुग्गी की आँखों से तेज़ बरसात हो रही थी।

महुए की तरह टप-टप आँसू चूते थे।

रमेश बंदर के बच्चे की तरह माँ से चिपका था।

नरायन चुप था। बस, आँखें फाड़े हुए माँ-बेटे को घूर रहा था।

सुग्गी बोलने के लिए होठ हिलाती भी, तो बोल न पाती। जैसे उसकी आवाज़ किसी बियाबान में रास्ता भटक गई हो।

बड़ी मुश्किल से उसने कहा, दिनेश के बाबू, ये सब बहुत बुरा हुआ...।

नरायन दो पल आँखें मुलमुलाता रहा। फिर फुर्ती से उठा और माँ की गोद से बेटे को छीन लिया।

वह बड़ी ज़ोर से बुक्का फाड़कर रोने लगा, "हमको दिनेश के बाबू मत कहो, हम रमेश के बाबू हैं...दिनेश हमारे ख़ातिर मर गया...न मरा हो, सामने आए...मैं ख़तम कर दूँ...।"

वह बोलते-बोलते अचानक चुप हो गया। आराम से पालथी मारकर बैठ गया। दोनों हाथों पर रमेश को लिटाकर दायें-बायें झुलाने लगा। झुलाता ही जा रहा था।

अब सुग्गी के आँसू सूखने लगे थे। वह बाप-बेटे को देखकर मुस्कराने लगी।

मुक्ति

यह शहर मुख्यमंत्री का चुनाव-क्षेत्र है। मुख्यमंत्री होते ही अनेक लोग उनके रिश्तेदार हो गए। उन्हें चंदा देनेवालों की हो चली। तमाम गुण्डों ने उनकी छत्रछाया में खादी धारण करके कायापलट किया।

मुख्यमंत्री ने भी कुछ काम किए। तीन फैक्ट्रियाँ खुलवाईं, जिसमें एक उनकी अपनी फैक्ट्री दामाद के नाम से थी। इनके अतिरिक्त बहुत बड़े कालेज का निर्माण कराया। उसमें उनकी ही जाति के अध्यापकों, क्लर्कों, चपरासियों वग़ैरह की भर्ती हुई। छात्र किसी भी जाति के हो सकते थे, किंतु यूनियन बनाना निषिद्ध था। अच्छे लड़के ठंडे थे और बुरे मुख्यमंत्री के शाग़िर्दों के शाग़िर्द।

लेकिन सुभाष ने साबित कर दिया कि वह दोनों तरह के लड़कों से अलग है। यूनियन के लिए हठ पकड़ा, तो प्रबंधकों की ज़िद चूर करके ही छोड़ा।

वह बहुत अच्छा नौजवान था। खूब पढ़ता था, खूब सोचता था। साहित्य-चित्रकला, राजनीति, इतिहास, कोई भी विषय हो, वह अधिकारपूर्वक अपना मत प्रकट करता। जो भी उससे बातें करता, प्रभावित होता।

उस समय उसकी उम्र तेईस वर्ष थी। कद पाँच फुट नौ इंच, रंग गेहुआँ, पहचान—चेहरे पर हल्की दाढ़ी।

परिवार में उसकी रुचियाँ बेमेल थीं। खाता-पीता निम्नमध्यवर्गीय परिवार था, लेकिन वह नफ़ासती था। महँगे तेलों और नफ़ीस इत्रों का शौक़ीन था। वह तीन बार दाँतों में ब्रश करता। तौलिया, साबुन, कंघी, बिस्तर सभी कुछ उसका अलग था, वह घर का सदस्य होकर भी घर में मेहमान की तरह रहता था।

महँगी सिगरेटें पीता था। धकाधक। बालकनी का टिकट न मिलने पर फ़िल्म देखना उसके स्वाभिमान को गवारा नहीं था। अच्छे होटलों में खाना खाने-खिलाने में अपनी शान समझता था।

इन सबके बावजूद वह बहुत प्यारा युवक था। बुराइयों की तुलना में काफ़ी

अधिक अच्छाइयाँ रखनेवाला। जो उसे अच्छी तरह जान लेता, यही कहता कि वह एक दिन समाज का हीरो बनेगा।

इस समय उसकी उम्र सत्ताईस साल। उद्देश्य नौकरी प्राप्त करना, जो जी-तोड़ प्रयासों के बाद भी नहीं मिल सकी।

वह खंभे के सामने वाली दूकान के पास खड़ा किसी से बातें कर रहा था। उसके खड़े होने के ढंग में पुरानी गरिमा ग़ायब थी।

बात करनेवाला फिर मिलने की बात कहकर आगे बढ़ा तो वह अपने को धिक्कारने लगा, ''ये मुझे क्या होता जा रहा है। मैं अपने विचारों को दूसरों के सामने रखने में सहमता क्यों हूँ ?'' उसे खाँसी आ गई। वह डर गया, ''कहीं टी.बी. तो नहीं होनेवाली है ?'' वह इधर बड़ा शंकालु हो गया था। गला या पेट में मामूली-सी तक़लीफ़ हुई, तो समझ बैठता कि कैंसर होने वाला है। कानों में ज़रा-सा पानी क्या भर जाता, उसे बहरेपन का अंदेशा होने लगता।

पान के अलावा सारी चीज़ों की दुकानें बंद हो गई थीं। रेस्तराओं और होटलों के नौकर भट्ठियों पर अपना खाना पका रहे थे।

उसने घड़ी देखी, ग्यारह बजने वाले थे। संतोष हुआ। अम्मा और बाबू सो रहे होंगे। सामना नहीं करना पड़ेगा। उसने सोचा, सिगरेट ले ले। सामने पान की दुकान पर नज़र डाली। हिम्मत नहीं हुई। यह पानवाला बत्तमीज़ है। सुबह वह सिगरेट लेने गया तो कहने लगा, ''सुभाष बाबू कुछ उधार चुका देते। बड़ी तंगी है।''

''चुका देंगे, चुका देंगे।''

''कब चुकाओगे ? चुका तो रहे हो चार महीने से।''

''कैसी बात कर रहे हो आज तुम ?''

''बात क्या, जब हैसियत नहीं है, तो मत पियो सिगरेट।''

घनी रात थी। छिटपुट तारे मायूस दिखाई दे रहे थे। चाँद कटे हुए गेंद की शक्ल में उदित हुआ था। उसके मुहल्ले का चौकीदार ड्यूटी बजाने के लिए तेज़ क़दमों से चला जा रहा था। उसे यह पहाड़ी चौकीदार शुरू से ही अच्छा लगता था। इच्छा हुई कि उसे बुलाए। बातों में रास्ता कट जाएगा और बात करना अच्छा भी लगेगा। लेकिन हमेशा की तरह उसने इरादा बदल दिया। दूरी बनाए रखने में ही इज़्ज़त है।

वह धीरे-धीरे चल रहा था, इसलिए चौकीदार जल्द ही ओझल हो गया। सड़क पूरी तरह वीरान हो गई थी। आगे लाइट भी गुम थी। अँधेरा और सुनसान की साँय-साँय में सब कुछ उसे बेहद अपना लगने लगा। उसे लगा, ये मकान, इनमें सोए हुए लोग, सारे के सारे उसके अपने हैं। उसने प्रश्न किया, ''दिन में क्यों सब कुछ अजनबी लगने लगता है ?'' शायद इन लोगों की गति से उसका ठहराव मेल नहीं खाता।

पहले कितना प्यारा और सुंदर लगता था शहर। शहर उसे अपना महसूस होता था और वह अपने को शहर का महसूस करता था।

घर के लिए भी तो ऐसा ही है। कहीं बाहर जाता है, घर के सभी सदस्यों के लिए उसमें अंतहीन प्यार भर उठता है। लौटने पर घरवालों को भी कुछ वैसा ही पाता है, लेकिन रोज़ कुछ दूसरे ही ढंग से घटता है।

बिजली आ गई। रात पर गूँगा उजाला पसर गया। उसने घड़ी देखी, ग्यारह पच्चीस हो रहे थे, इतमीनान हुआ, अम्मा-बाबू हर हालत में सो रहे होंगे। पप्पू जग रहा होगा। रात देर तक पढ़ता है। प्रतिदिन दरवाज़ा खोलता है बेचारा। पप्पू उसे अम्मा-बाबू का सामना होने की यातना से बचा लेता है। अम्मा कुछ कहती नहीं, मगर उनके व्यवहार में हमेशा यह शिकायत रहती है कि वह कुछ करता क्यों नहीं। अम्मा का यह अनबोला भाव उसे भीतर तक बेध डालता है। मन होता है, उनके घुटनों में सिर छिपाकर रोए। ख़ूब रोए। कम से कम अम्मा उसकी बेबसी को जान तो लें। लेकिन वह बड़ा हो गया है। संकोच का अनुभव करता है।

और बाबू ! उनका स्वभाव समझ में ही नहीं आता। घर में वह नहीं रहेगा, तो ख़ूब बिगड़ेंगे उस पर। कहेंगे कि वह ज़िंदगी में कुछ नहीं कर सकेगा। मगर सामने कुछ नहीं बोलेंगे। बल्कि कहेंगे, "तुम्हें चिंता नहीं करनी चाहिए। जब तक मैं हूँ, फ़िक्र मत करो, उसके बाद देखा जाएगा।" बाबू के ये उद्‌गार शर्मिन्दगी में डुबो डालते हैं। उसे अपनी विडम्बनापूर्ण स्थिति पर लज्जित होने के लिए विवश कर देते हैं। कई बार उसे शक़ होने लगता है, बाबू कहीं उस पर व्यंग्य तो नहीं कर रहे हैं।

पर पप्पू अभी नहीं बदला है लेकिन नहीं, थोड़ा-सा बदला है। भइया और भाभी के आने पर उसे भूलना शुरू कर देता है। भइया के लाए कपड़ों और उनके दिए रुपयों की मस्ती में हल्का-सा विचलित हो जाता है।

भइया से बाबू कितना नाराज़ रहते हैं, भइया और भाभी का अपनी ही मौज में रहते हुए बाकी को भूल जाना कितना अखरता है बाबू को। पर जब कभी वे लोग छुट्टियों में घर आते हैं तो बाबू अपार ख़ुशी और उत्साह प्रकट करने लगते हैं। खाने-पीने के स्तर में दोगुनी वृद्धि करवा देते हैं। गोया कोई महत्त्वपूर्ण व्यक्ति आया हो। कभी-कभी ऐसा महसूस होने लगता है कि बाबू भइया की चापलूसी कर रहे हैं।

और वह—उसके लिए कितनी हिक़ारत रहने लगी है। कहाँ पहले वह अपने साथियों के बीच उसकी विद्वत्ता का बख़ान करते नहीं अघाते थे। तमाम प्रशंसकों के बीच उसके सबसे बड़े प्रचारक थे बाबू। अब उन्हीं के मन में उसके लिए घोर उपेक्षा, कुढ़न और अवमानना भरी रहती है।

लेकिन बाबू को क्या दोष दे ! उनका एक भी अरमान तो पूरा नहीं कर पा

रहा है वह। आफ़िस में उनके साथ काम करने वाले सीना फुलाकर कहते होंगे कि उनके लड़के की शादी के लिए रोज़ ही दो-चार लोग आते रहते हैं। नाक में दम किए रहते हैं। कोई पचास हज़ार दे रहा होता है कोई अस्सी हज़ार, कोई कुछ। और बाबू यह सुख नहीं हासिल कर पा रहे हैं। उसकी दाढ़ी से चिढ़ते हैं। कहते हैं कि दाढ़ी से ही भड़क कर नहीं आते लड़की वाले। उसे खीझ और हँसी दोनों आती हैं इस पर। वह सच्चाई से क्यों आँखें चुराते हैं। क्यों नहीं मानते कि साधारण घर के बेरोज़गार लड़के से कोई अपनी बेटी ब्याहने नहीं आएगा।

वह उदास हो गया। प्रमिला का चेहरा दिमाग़ में उभरकर मुस्कराने लगा। उसकी शादी की तारीख़ क़रीब आ गई है। वह नहीं पा सका उसे। उसके माँ-बाप ने बेटी का रिश्ता एक डॉक्टर से तय कर दिया। कहाँ प्रमिला की निगाहों में वह संसार का सबसे अच्छा लड़का था। पूरी पोथी बन सकती थी, उसकी तारीफ़ में प्रमिला की बातों से। वह मुस्कराया, "बेटा सुभाष पण्डित, बहुत रंगबाज़ बनते थे। आ गए न औक़ात पर।"

रंगीन रोशनी को देखकर उसकी तन्द्रा टूटी। पार्क बग़ल में था। घर आने ही वाला था। उसकी रफ़्तार धीमी हो गई। जैसे अम्मा और बाबू यहीं कहीं सो रहे हों, तेज़ चलने पर जग जाएँगे।

वह मुहल्ले में घुसा, जिन घरों में रात देर तक पढ़ने वाले लड़के थे, उनमें उजाला था। पहले वह भी इसी तरह देर तक पढ़ता था।

नामालूम कहाँ से तीन-चार कुत्ते आ गए। उसे देखकर चौकड़ी भर-भरकर वे भूँकने लगे। रात की ख़ामोशी में उनकी आवाज़ दहाड़ से कम नहीं लग रही थी। लोग खिड़कियों के भीतर से झाँकने लगे।

मुहल्लेवालों की वजह से सबसे ज़्यादा तक़लीफ अम्मा को झेलनी पड़ती है। बाबू तो सुबह खा-पीकर कचहरी चले जाते हैं। शाम सब्ज़ी वग़ैरह लेकर लौटते रात हो जाती है। अम्मा से ही मुहल्लेवालों की मुठभेड़ होती है। लोग पूछते हैं कि उनका सुभाष क्या कर रहा है ? उस समय अम्मा की खिसियाहट देखने लायक होती है। उन्होंने कुछ दिनों तक बहाने बनाकर बात सँभाली थी। कभी कहतीं, नौकरी मिल गई थी, किया नहीं, क्योंकि उसमें ऊपरी बहुत थी लेकिन तनख़्वाह कम। और उनका बेटा सुभाष घूस से नफरत करता है। कभी कहतीं, नौकरी मिल गई है, किंतु अभी बुलावा नहीं आया है। मुँहझौंसा देखो कब आता है। आजकल वह बहाना न बना पाने की लाचारी में सत्यवादी हो गई हैं। सच-सच बतला देती हैं लोगों को। लोग अफ़सोस प्रकट करते हैं और कहते हैं कि भई अब कुछ करना-धरना चाहिए, ऐसे कैसे काम चलेगा ?

घर सामने था। एक कमरे में अँधेरा था, दूसरे में रोशनी। रोशनी वाले कमरे के पास जाकर फुसफुसाया। पप्पू उसे देखकर मुस्कराने लगा। ग्यारहवीं कक्षा में पहुँच

गया, लेकिन इसकी बच्चों जैसी निश्छल हँसी और आकर्षक मुस्कान ग़ायब नहीं हुई। कितना प्यारा लगता है, इसका मुस्कराना। अम्मा कहती हैं, वह तो एम.ए. तक ऐसे ही मुस्कराता था।

पप्पू दरवाजा खोलकर सामान्य ढंग से चलने लगा, मगर उसने बिल्ली की तरह पंजों के बल चलकर कमरा पार किया और बरामदे में आया। रोज़ की तरह खाना निकाला। पानी का गिलास पप्पू रख गया। खाना उसे बेस्वाद लग रहा था। हर बार की तरह।

खाने के बाद मुँह धोया मगर मंजन नहीं किया। एक दिन अम्मा ने अन्य चीज़ों की तरह मंजन लाने के लिए कहा। बाबू भड़क उठे, इतनी जल्दी मंजन ख़त्म कैसे हो जाता है ? तबसे वह तीन की जगह एक बार ही मंजन करता है।

चारपाई पर लेटने के पहले उसने एक किताब उठा ली। बारह दिन हो गए, अड़सठ पेज ही पढ़ सका था। कहाँ वह मोटी-मोटी पुस्तकें दो-तीन दिनों में पढ़ लेता था। अब जब दूसरा कोई काम नहीं करना है, फ़ुर्सत ही फ़ुर्सत है, तो बिल्कुल नहीं पढ़ पाता, पढ़ने में आस्था होते हुए भी। लोग ताना कसते हैं कि इतनी किताबें पढ़ते थे, कौन तीर मार दिया। बड़े विद्वान की पूँछ बने घूमा करते थे। पर लोगों का व्यंग्य उसके न पढ़ पाने का कारण नहीं है। क्या कारण है, इसे वह चाहते हुए भी नहीं समझ पाता है।

"कैसे चलेगी ज़िंदगी की गाड़ी ?" वह बुदबुदाया। कल मंत्री जी आने वाले हैं। शायद कुछ हो जाए। विधायक जी की बातों से लगता तो है।

मन नहीं लगा किताब में। तक़िया के नीचे रख दी। सोने की कोशिश करने लगा। नींद का नामोनिशान न था। पप्पू ने राड बुझाकर मेज़ पर झुका लैंप जला लिया। अँधेरे में हताशा, पराजय और विवशता से भर उठा वह। अगर कल मंत्री जी ने काम नहीं कराया, तो ? क्या होगा ? डर गया वह। कभी नौकरी नहीं मिलेगी ? कभी नौकरी नहीं मिलेगी ? बेकार है उसकी ज़िंदगी। उसकी आँखें कुछ आगे ही आईं और चेहरा जैसे धँसता जा रहा हो। उसे लगा कि वह अभी चीख़ पड़ेगा। वह ऊपर लटकते पंखे को देखने लगा। सोचा, इसी से झूलकर मर जाए या ज़हर की टैबलेट फाँक ले या...आत्महत्या का ख़्याल जकड़ने लगा उसे। लगा, मरने की बात सोचते-सोचते ही मर जाएगा। लेकिन अगले ही पल रोने लगा वह, चुपचाप।

सुबह अम्मा ने कहा, "जाओ गेहूँ पिसा लाओ, तब कहीं निकलना। तुम्हारा क्या ठिकाना, अभी निकले तो पता नहीं कब लौटोगे।"

उसके मन में आया, कह दे कि पप्पू को क्यों नहीं भेज देतीं। मगर ऐसा कुछ कहते समय हमेशा एक संकोच से घिरकर चुप हो जाता है। कितनी शर्मिन्दगी महसूस होती है झोला लेकर आते-जाते समय। पैरों को रगड़ता वज़नी झोला इस

हाथ से उस हाथ में बदलते हुए किसी तरह पहुँच पाता है, पहले वह रिक्शा पर भी झोला-गठरी नहीं रखता था, अब पैदल लेकर जाता है।

और इस वक़्त जब वह आटा लेकर लौटा, तो अम्मा कहने लगीं, ''आटा कितना मोटा हो गया है।'' वह हँसती हैं, ''तुमसे जो कोई काम ठीक से हो।'' वह तुनकना चाहता है किंतु एक ख़ामोशी जकड़ लेती है। अलमारी से लिफ़ाफ़े उठाकर वह जाने के लिए उठता है। बैठक में आकर रुकना पड़ा, पप्पू के साथ एक लड़का बैठा मिला। पप्पू परिचय कराने लगा, ''भइया यह मेरा दोस्त अनिल है। बनारस में रहता है।''

''अच्छा, किस क्लास में पढ़ते हो अनिल ?'' उसने स्नेह से पूछा।

''ट्वैल्थ में।''

कुछ देर और वह अनिल से बातें करता रहा। तभी अनिल पूछ बैठा, ''कहाँ हैं आप ?'' उसने बताया, ''यहीं।'' अनिल ने फिर पूछा, ''क्या काम करते हैं आप ?'' वह घबड़ा गया। कोई जवाब नहीं सूझ रहा था। हकलाने लगा। आख़िर किसी तरह बोला, ''कुछ नहीं। बस ऐसे ही।'' इतना कहने के बाद देखा, थोड़ी देर पहले इस लड़के के चेहरे पर उसके प्रति सम्मान की जो चमक थी, बुझ गई। वह लिफ़ाफ़ों को उलटता-पलटता बाहर आ गया।

यह तो बच्चा है, उसने बड़े-बड़े समझदार लोगों की आँखों में अपने लिए इसी तरह चमक पैदा होते और बुझते हुए देखा है और देख रहा है।

क्या काम करता है वह ? इस सवाल के सामने उसकी सिट्टी-पिट्टी गुम हो जाती है। संयम और विवेक दोनों साथ छोड़ देते हैं। वह दीन-हीन बन जाता है। उसके रोम-रोम से यही प्रार्थना निकलती है कि ये क्षण किसी तरह अदृश्य हो जाएँ। वैसे इधर-उधर की बातें करके किसी तरह बचने की कोशिश करता है, किंतु लोग हैं कि पूछने के लिए आमादा रहते हैं।

पोस्टआफ़िस आ गया। चार जगहों पर नौकरी के लिए आवेदन-पत्र भरे हैं। साले दो देकर दस कमाओगे तुम और अप्लाई करते समय रुपया दूँ मैं ?

अकसर आने के कारण काउंटर पर बैठा आदमी परिचित हो गया था। काम जल्दी कर दिया। धन्यवाद के रूप में मुस्कराहट उँड़ेलते हुए वह बाहर आ गया। उसे हड़बड़ी भी थी। विधायक जी ने बुलाया था इसी टाइम। मुख्यमंत्री की विरोधी लाबी के मंत्री जी आ गए होंगे। विधायक जी इस मंत्री के दायें हाथ हैं। वायदे के मुताबिक़ पब्लिसिटी आफ़ीसर की नौकरी दिला देंगे। कह तो रहे थे कि काम हो जाएगा। देखो, क्या होता है। होगा क्यों नहीं ? अपने स्तर से गिरकर चापलूसी भी तो की है। वह भी तगड़ी। मुख्यमंत्री के ख़िलाफ़ विस्फोटक आरोपों के साथ उसने बुकलेट तैयार की थी। ढाई हज़ार प्रतियाँ इन मंत्री जी के पास भी भेज दी थीं। प्रेस में अभी तक उधार है। उधार तो बहुतों का है। देखो, कब चुकता है।

विधायक जी के यहाँ रिक्शा करके पहुँचा। हमेशा रिक्शा से ही पहुँचता था, जिससे वे उसे चीकट न समझें।

विधायक जी एक जीप में सवार थे। जीप उनके चेलों से ठसाठस थी। चलने ही वाली थी। उन्होंने चिल्लाकर कहा, "लटक लो पीछे।" उसे बड़ा बुरा लगा। क्या समझते हैं अपने आपको। लेकिन उसने वक़्त की नजाकत को समझा और रिक्शावाले को कुछ पैसे थमाकर दौड़ पड़ा। रिक्शावाला चिल्लाकर अधिक पैसों की माँग करने लगा, पर वह अब लटक चुका था और जीप चल पड़ी थी। माहौल में जीप का धुआँ और रिक्शा वाले की बड़बड़ाहट रह गए।

रास्ते-भर वह मुँह छिपाता रहा। कोई देखेगा, तो क्या सोचेगा ? हँसी उड़ाएगा। मुँह छिपाते-छिपाते उसकी गरदन दुखने लगी। शरीर ऐंठा था, सो अलग।

डाकबँगले पर जीप रुकी, तो वह पके आम की तरह उतरा और तत्परता से आगे आ गया कि कहीं विधायक जी की बग़ल में कोई दूसरा न आ जाए।

वहाँ अफ़सर, पुलिस, सेठ, नेता सभी तीर्थस्थल पर भिखारियों की तरह मँडरा रहे थे, विधालय जी का जत्था भीतर घुसने लगा। कई लोगों को रोक दिया गया। विधायक जी ने उन्हें देखा भी नहीं वह अपने को भाग्यशाली समझने लगा कि उसे मना नहीं किया गया।

साथियों को बरामदे में बैठाकर विधायक जी भीतर चले गए। उनके जाने के थोड़ी देर बाद कई लोग बाहर आए। अब वह इंतज़ार करने लगा कि उसका बुलावा आए। उसका दिल धक-धक कर रहा था।

धीरे-धीरे बाहर बैठे सभी लोग मिल आए, उसका बुलावा नहीं आया। उसने सोचा, शायद मंत्री जी उससे इतमीनान से बातचीत करना चाहते हैं। वह सोच ही रहा था कि विधायक जी बाहर आ गए। चलते हुए ही उन्होंने सबको बाहर आने का इशारा किया।

बाहर निकलकर वह उसको एक कोने में ले गए। कहने लगे, "तुम्हारा काम नहीं हुआ।"

"क्यों ?" उसके पैर काँप रहे थे।

"आपकी बुकलेट ने सब चौपट कर दिया।" वह किसी के नमस्कार का जवाब देने लगे।

"पर आप तो कह रहे थे कि मंत्री जी ने बहुत पसंद किया था।"

"किया था। किया था। मगर आपको नौकरी देंगे, तो मुख्यमंत्री जी नाराज़ नहीं होंगे ?"

"पर वह तो विरोधी लाबी...?"

"अरे भाई," उन्होंने थूका, "लाबीइंग का मतलब उनके खुले दुश्मनों की मदद करना तो है नहीं। आख़िर हैं तो उन्हीं के मन्त्रिमण्डल में ?"

"मगर आप।" उसका हलक सूख गया।

"अरे भाई, हाईकमान में कम्प्लेन हो जाएगी।" वह मुस्कराए, "अभी लौंडे हो, राजनीति क्या समझो।" वह हाथ उठाकर किसी को संकेत करने लगे कि बस आ ही रहे हैं। और वह पहुँच गए वहाँ। वहाँ से बोले, "मिलते रहो। अभी तो तुम्हारा राजनीतिक जीवन शुरू हुआ है। हाँ तो..." वह सामने खड़े धोती-कुर्ता-गमछावाले एक बन्दूकधारी से मुख़ातिब हो गए।

वह चप्पलों को घसीटता हुआ बाहर आया। सड़क बनी-ठनी बूढ़ी वेश्या-सी थी। शायद उसे धोया गया था। दोनों तरफ़ चूना फैला था। उस पर बड़ी तेज़ी से वाहन आते, लेकिन रुकते डाकबँगले पर ही जाकर।

शरीर में ज़रा भी ताक़त नहीं महसूस हो रही थी। जड़ता-सी छाने लगी थी। वह चल ज़रूर रहा था, लेकिन चलने की कोई सचेत कोशिश नहीं कर रहा था। जैसे कोई अदृश्य शक्ति उसे चला रही हो।

वह थक गया। आस-पास देखा, थोड़ी दूर पर एक पार्क था। कभी पार्क उसे बहुत प्रिय थे। हरी घासों, रंगीन फूलों और नटखट लताओं के बीच बैठना उसे बेइंतिहा अच्छा लगता था।

मगर अब उसे घास-फूस कुछ भी अच्छा नहीं लगता। फिर भी सुस्ताने के लिए पार्क में आकर बैठ गया। आदतन वह सड़क की ओर देखने लगा।

पास के कालेज की लड़कियाँ छूटी थीं। सड़क के कोलाहल को इन लड़कियों की आवाज़ें चीर रही थीं। वे मगन होकर आपस में बातें कर रही थीं। हँस रही थीं। आसपास का जायजा लेते हुए भी वे अपने में लीन थीं। इस तरह पकर-पकर बोल रही थीं, जैसे दुनिया जहान की बातें कर डालना चाहती हैं।

वह इन लड़कियों को देखने लगा, मगर उसके देखने में युवक-सी बेख़ुदी नहीं थी। एक के बाद एक, सभी को देख रहा था। कोई बेचैनी नहीं। कोई व्यग्रता नहीं थी। न दिल की धड़कन ही बढ़ी थी।

लड़कियाँ चली गईं। उनके जाने में नामालूम ऐसा क्या था कि उसका दिमाग़ मंत्री और विधायक जी पर चला गया। वह दुःखी होने लगा, यह नौकरी कितना करीब होने के बावजूद हाथ से निकल गई। सारी ज़िंदगी इसी तरह ख़ाली...। उसकी आँखों में भय छा गया। ख़ौफ़ की परछाइयाँ नंगे पेड़ की तरह आड़ी-तिरछी उसके चेहरे पर स्थिर हो गईं। उसे कुछ न सूझा, हड़बड़ाकर खड़ा हो गया।

पार्क से बाहर आते ही देखा, सत्रह-अठारह साल की एक लड़की से ग़ज़ भर पीछे लगभग अधेड़ आदमी-फ़ब्तियाँ कस-कसकर सीटी बजा रहा था। लड़की थोड़ी देर बरदाश्त करती रही, फिर घूम पड़ी।

लड़की की आँखों में भयानक घृणा थी। अधेड़ सहमकर बगलें झाँकने लगा।

वह बेचैन हो उठा। पहले उसकी आँखों में भी घृणा का समंदर उफ़नता था।

अब वह क्यों नहीं पूरी ताक़त के साथ नफ़रत कर पाता ? आज विधायक और मंत्री के लिए नफ़रत होनी चाहिए थी लेकिन नहीं, वह अपने को ही कोसता रहा।

न वह पूरा प्रेम कर पाता है, न पूरी घृणा। क्या हो गया है उसे ? वह उदास हो गया। एक लाचारगी की लहर उसकी धमनियों में दौड़कर अँधेरे की तरह पसर गई।

उसकी आँखें कहीं नहीं देख रही थीं। वह खोया-खोया-सा बिल्कुल धीमी चाल में चल रहा था। ऐसा लग रहा था, जैसे कोई नरकंकाल चल रहा है। कोई बच्चा देखता, बेशक डर जाता।

इतवार का दिन था। बाबू और पप्पू घर पर ही थे। तल्लीनता से धूप का सुख ले रहे थे। अम्मा भी बाबू के कारण अपनी मंडली में नहीं गई थीं। सब लोग घर में थे और उसका दम निकल रहा था। पड़ोस के दो बच्चे खेल में छुपने आ गए, वह परेशान हो उठा। शोर-शराबा ज़रा भी अच्छा नहीं लगता अब। इच्छा हुई कि बाहर निकल जाए। लेकिन कहाँ ? कहीं तो पहले वाली बात नहीं रह गई।

उसने सोचा, कहीं एकांत में चलें। सुनसान माहौल में अक्सर वह ऐसी जगहों पर जाता है, जिससे बाहर का एकांत उसके भीतर के अकेलेपन से मिल-जुलकर सुख पैदा करे। लेकिन हमेशा वह निराश हुआ है। कुछ देर तो उसे सुख-शांति मिलती है, पर फिर उसे घबराहट होने लगती है। सब कुछ काट खाने को दौड़ता हुआ-सा लगता है। सुनसान उसे चहल-पहल से भी ज्यादा ख़ूँख़ार दिखता है। वह डग भरते हुए भागना शुरू कर देता है।

कहाँ जाएँ, वह उदास हो गया। घुटनों में मुँह छिपा लिया। खिड़की से छनकर धूप का एक टुकड़ा उसकी पीठ पर रुक गया।

बगल के कमरे से बाबू की आवाज़ आ रही थी। वह अम्मा से कह रहे थे, "एक ये हैं। इनकी दशा देखकर अफ़सोस होता है। क्या होगा इनका ? भगवान ही मालिक है। कुछ करना न धरना, पड़े रहते हैं।"

आख़िर बाबू क्यों कोसते हैं ? क्या क़सूर है उसका ? पढ़ा-लिखा। उसकी योग्यता से किसी को इंकार नहीं है। नौकरी नहीं मिल रही, तो इसमें उसकी क्या ग़लती। उसकी पेशानी सिकुड़ गई। बाबू बोल रहे थे, "बड़े पढ़ाकू बनते थे। अपने को तेजू ख़ाँ समझते थे। अब असलियत सामने आ गई। आए नहीं कंपटीशन में। हे प्रभु क्या होगा इनका ? रक्षा करो।"

उसे बाबू पर क्रोध की जगह दया आई। रोज़ अफ़सर की झिड़की सुनने वाले बाबू की इससे बड़ी ख़्वाहिश दूसरी क्या हो सकती है कि उनका बेटा अफ़सर बने। पर अफ़सर बनना आसान तो नहीं। मीडियाकर लोगों का क्षेत्र है यह। ज्ञान के किसी भी विषय की पूरी जानकारी रखना बेमतलब है। हर विषय की चिन्दी

भर जानकारी रखिए और हो जाइए अधिकारी। वह तो ये पापड़ बेलने के लिए भी तैयार था, लेकिन पापड़ के लिए ज़रूरी आलू-तेल-नमक भी तो चाहिए। इनकी ख़ातिर पैसा नहीं था। वह हॉस्टल में रहकर पढ़ाई में दिन-रात एक करे—बाबू ऐसा रिस्क नहीं ले सकते थे। बाबू तो चाहते थे कि कल वह इम्तिहान दे और परसों अफ़सर हो जाए।

बाल्टियों की खटर-पटर सुनाई पड़ी। नल में पानी आ गया होगा। उसके बालों में खुजली होने लगी। बदन चुनचुनाने लगा। उसे लगा कि नहा लेना चाहिए। छह दिन हो गए नहाए।

अलमारी तक पहुँचकर शीशा में मुँह देखा। काँप गया। दरअसल इन दिनों आईना का सामना करने से वह बचता रहता था, किंतु अभी देखा, तो दहल गया। आँखें और ज़्यादा बुझी हुई-सी लग रही थीं। जैसे उनका काम केवल देखना-भर हो। चेहरे पर हताशा और पराजय की गर्द इस तरह चस्पाँ हो गई थी कि उसके अधेड़ होने का भ्रम होता। होंठ कपड़े के गंदे टुकड़े की तरह बेजान थे।

उसने घबड़ाकर शीशा रख दिया। लेकिन कई बार की तरह उस समय भी दुश्चिन्ताएँ उसे घेर चुकी थीं। झुकी कमर, सफ़ेद बाल, झुर्रियों से भरा शरीर और बुढ़ापे में निकलने वाली बदबू...उसकी आत्मा थर्रा उठी। मन में मृत्यु के प्रति तीव्र आकर्षण जाग गया।

खाना खाते समय होने वाली वितृष्णा उसके लिए बहुत भारी होती। स्वाद अथवा अच्छे-बुरे का पता नहीं चलता था।

खाकर उठा और मुँह धोने लगा। सामने किसी की परछाईं दिखी, अम्मा पास में आकर खड़ी हो गई थीं। वह इस तरह खड़ी थीं, जैसे इंतज़ार में हों कि कब वह मुँह धोए और अपनी बात कहें। वह कुछ कहने के लिए उद्विग्न लग रही थीं, ऐसा उनकी साँस के फूलने से भी लग रहा था।

गिलास रखकर वह खड़ा हो गया। एक नज़र अम्मा को देखा और प्रत्युत्तर न पाकर चलने लगा। आगे भी आ गया किंतु वह कुछ कह न सकीं। न जाने किस शांति ने उनकी ज़बान को जकड़ लिया था।

खाना खाने के बाद सिगरेट पीने की आदत के कारण बाहर निकल आया। लगभग फर्लांग भर आगे बढ़कर उसने सिगरेट सुलगा ली। खड़ा होकर सिगरेट पीना भोंडा लगता, आगे बढ़ना चाहा। किस तरफ़ बढ़े ? उसे कुछ सूझ नहीं रहा था। तभी देखा कि कुछ लोग कैरम खेल रहे थे। कुछ उनके सिर पर सवार होकर देख भी रहे थे। वह भी उनमें शामिल हो गया।

लेकिन वहाँ से मन जल्द ही उचाट हो गया। सिगरेट अभी बची थी। क्या करे ? वह एक चाय की दूकान में चला गया। सवाल सिगरेट का नहीं था। सवाल समय काटने का था। यह एक ऐसी चुनौती थी, जिससे वह हमेशा जूझता था और

हमेशा परास्त होता था। उसके पास समय का भरा-पूरा घूरा था मगर समय के लिए वह कुछ न था।

वह घुसा था समय काटने के लिए, लेकिन उसने जल्दी-जल्दी घूँट लेकर चाय ख़त्म कर दी। सिगरेट के क़श भी जल्दी लिये गए। वह बैठ नहीं पा रहा था, जैसे भीतर कुछ कुलबुला रहा हो। उसने सोचा, पत्रिकाएँ देखी जाएँ।

एक समय पत्रिकाओं का दीवाना था वह इसीलिए 'महिलाएँ अपना वक्ष सुडौल कैसे बनाएँ' से लेकर डार्विन के विकासवाद पर ताजा बहस तक की जानकारियाँ रहतीं उसके पास। लड़कियाँ कुछ इसलिए भी उससे मुतअसर होती हैं कि वह अस्तित्ववाद-फ्रायडवाद-मार्क्सवाद आदि के साथ-साथ डाइटिंग और साँवलेपन पर भी आत्मविश्वास के साथ बोलता था।

पत्रिकाओं में उसका मन नहीं रमा। यहाँ तक कि गासिप वाली चीज़ों में भी। एक 'इम्प्लायमेंट न्यूज़ पेपर' ख़रीदकर उसे पलटता हुआ बाहर आ गया। सारे पन्ने पलट उठे, लेकिन उसके काम की कोई नौकरी नहीं थी। जो थीं, उनमें तीन से दस वर्ष तक का अनुभव माँगा गया था।

"भाई साहब, ज़रा ये आपका पेपर देख लें।" एक युवक था।

"आप रख लीजिए।" उसने अख़बार दे दिया।

अब पुनः उसके सामने फैला हुआ अनंत खालीपन था। इर्द-गिर्द आते-जाते वाहनों और आदमियों की चिल्लपों थी। उसे कुछ भी सुनाई नहीं दे रहा था। एक विचित्र तरह की नीरवता और साँय-साँय में डूबा हुआ था वह।

वह यन्त्रचालित-सा घर की ओर मुड़ गया। प्रतिदिन वह घर से भागकर बाहर आता और बाहर से भागकर घर जाता। जैसे हर जगह ऊब की नहर बहती हो। थोड़े ही समय में उसका मन उचाट हो जाता। घबराहट के कारण उसके भीतर उथल-पुथल होने लगती और इच्छा होती कि जितनी जल्दी हो सके, उस जगह को छोड़ दे।

घर के सामने बाबू किसी आदमी के साथ खड़े थे। कोई आया होगा, उसी को बाहर तक छोड़ने आए होंगे। वह धीरे-धीरे चलने लगा, जिससे आने वाले से सामना न हो। वह रुक गया।

आदमी के हटने के बाद भी थोड़ी देर रुका रहा। जब बाबू भीतर चले गए, तो आगे बढ़ा। सिर झुकाए, दबे पाँव घर में घुसा। कमरे में अम्मा बाबू से बातचीत कर रही थीं।

पप्पू पढ़ रहा था।

वह पेसोपेश में पड़ गया कि क्या करे ? चारपाई पर जाकर लेट गया। रज़ाई ओढ़ ली। एक किताब पप्पू से उठाने के लिए कहा। थोड़ी देर पढ़ा होगा, मन दूसरी चीज़ों की तरफ़ भागने लगा। वह सोचने लगा, सोचता रहा, सोचते हुए ही सो गया।

रात में पप्पू खाने के लिए जगाने आया। उसने नींद में ही मना कर दिया और सोता रहा।

कोई बहुत बुरा सपना था, वह जाग गया। सर्दी के बावजूद पसीना आ गया था। आँखें फाड़-फाड़कर देखने लगा, मगर अँधेरे में कुछ नहीं दिखा। बिजली भी नहीं जला सकता था। अम्मा रोशनी होने पर जग जातीं। उसकी नींद एकदम लापता हो गई थी।

यकायक उसके दिमाग़ में एक विचार बड़ी तेज़ी से कौंधा कि आत्महत्या कर लेनी चाहिए।

वह रोमांचपूर्ण द्वंद्व से भर उठा। हालाँकि उसका चेहरा भिंचा हुआ था और आँखें ठहरी थीं, लेकिन उसके मन में आत्महत्या को लेकर अभूतपूर्व सनसनी फैल गई थी।

अपनी सोच में उसने छलाँग लगा दी। पानी में गिरते ही वह कुछ ऊँचाई तक उछला और फिर डूबने लगा।

उसे लगा कि पानी के भीतर वह डूब-उतरा रहा है। हाथ-पाँव इधर-उधर मारने लगा है। बहा जा रहा है...

"पप्पू भइया...ऽ...ऽ...," महरिन ने कुंडी खटखटाकर पुकारा था।

अम्मा से पहले वह उठ गया। उसकी आत्मा में घनघोर युद्ध छिड़ा था। उसने पल-भर में ही तय कर लिया कि दरवाज़ा खोलकर बाहर निकल जाएगा और नदी में कूदकर सारी मुसीबतों से छुटकारा पा लेगा।

महरिन भीतर घुसी। वह बाहर निकलने के पहले थोड़ी देर ठिठका। हवा घुसी और उसे सर्दी लगने लगी। उसने शाल ले लेना मुनासिब समझा।

शाल लपेटकर वह बाहर निकलने लगा।

"क्या बात है सुभाष ? खटर-पटर लगा रखे हो।" अम्मा ऊँघते हुए बोलीं।

वह हड़बड़ाया, "अं कुछ नहीं, बस ऐसे ही। घूमने जा रहा हूँ। रोज़ सुबह घूमूँगा।"

"जाओ दरवाजा भेड़ देना।"

इच्छा हुई कि न जाए। बिजली जलाए और सबको झिंझोड़कर जगा दे। सभी से खूब बातें करे। लेकिन यह सब सोचते ही उसकी आँखों में आँसू आ गए और वह बाहर निकल पड़ा।

बाहर सर्द मौसम हल्के अँधेरे में डूबा था। आकाश में न तारे थे न चाँद। हाथ को हाथ सूझ जाए, इतनी सुबह हो गई थी। चौकीदार ड्यूटी ख़त्म करके जा रहा था। वह जल्द ही ओझल हो गया। चारों ओर सन्नाटा था। कहीं कोई आवाज़ नहीं। सब कुछ चुपचाप। निस्तब्धता का आलम था।

उसने शाल से ही आँसू पोंछे। वह लगातार रो रहा था। लेकिन जितना ही अधिक रोता था, मृत्युमोह उतना ही प्रबल होता था। इस मोह में हठ का भी अंश था। दूसरी भी कई चीज़ें थीं। कुल मिलाकर इतना घालमेल हो गया था कि वह साफ़-साफ़ कुछ समझ नहीं पा रहा था। बस इतना मालुम था कि उसे मरना है, नदी में डूबकर मरना है।

चाय की दुकान आ गई। एक छोटा-सा लड़का जाँघिया और कमीज़ पहने हुए भट्ठी सुलगा रहा था।

उसे ठंड महसूस हुई। देखा, शाल खिसक गया है। उसने सलीके से लपेट लिया। थोड़ी राहत मिलनी शुरू हो गई। आँसू भी थम गए थे। मगर घरवालों की यादों से वह आज़ाद नहीं हो सका था। वह उनसे छुटकारा पाना चाहता था, क्योंकि वह महसूस कर रहा था कि उनके रहते छलाँग लगाना कितना कठिन है। इसीलिए बहुत कोशिश के बाद उसने अपना ध्यान दूसरी तरफ़ कर लिया। वह आस-पास की चीज़ों को देखने लगा।

दोनों पटरियों पर एक-एक ट्रक खड़े थे। उसने उन्हें देखा और चौंक पड़ा। ये ट्रक दिन में कैसे लगते हैं और इस समय कैसे। जब ये आदमियां के बीच रहते हैं, तो ऐसे दिखाई पड़ते हैं, गोया इनमें भी ज़िन्दगी हो। लेकिन इस निर्जन में ये जड़ लग रहे हैं।

वह सड़क देखने लगा। आदमियों को अपनी छाती पर सहती यह कैसी सजीव और गतिमान लगती है किंतु इस वक्त लाश की तरह बिछी है।

अँधेरा और छँट चला था। लगा, थोड़ी देर में चिड़ियाँ चहचहाने लगेंगी।

तार पर एक पक्षी मरा लटका था।

उसका ध्यान पुनः आत्महत्या पर आ गया। वह सिर नीचे करके चलने लगा। वह एकबार फिर सुपरिचित अनुभव से गुज़रने लगा। पानी में छलाँग और डूबना-उतराना।

वह यकायक उबर उठा, घबड़ाया भी। बाबू के एक दोस्त आ रहे थे। ये पेट के रोगी थे और सुबह घूमते थे।

"कहो बेटा सुभाष, सब ठीक-ठाक है न ? घूमने निकले हो।"

"हाँ, चाचाजी।"

"कहीं लगे-वगे कि नहीं ?"

"कोशिश कर रहा हूँ। अच्छा...।"

वह आगे बढ़ चला। उसमें मर जाने की इच्छा और ज़्यादा बलवती हो गई थी। उसकी चाल से लग रहा था कि उसने मुकम्मल फ़ैसला कर लिया है। चेहरे पर दृढ़ता विराजमान थी, दाँत भिंचे हुए थे।

नदी आ गई। उसने पुल की रेलिंग पर हाथ रखा। ठंडा लोहा था, वह नदी को देखने लगा। जल एकदम स्थिर था। ऊपर उड़ते पक्षियों के झुंड की पंरछाईं पड़

रही थी। उसमें कुछ कंपन-सा हुआ--एक आदमी की लाश धीरे-धीरे बहती चली जा रही थी। चर्मविहीन। कुछ कौवे उस लाश पर बैठे आगे बढ़ रहे थे। वे टोंट मारकर मांस निकालते और खाने लगते।

वह आध्यात्मिकता से नहा उठा। उसका पूरा अस्तित्व हर कहीं से हटकर नदी पर स्थिर हो गया। वह अपलक ताकता रहा उसको। कुछ देर बीते होंगे, उसे नदी से रहस्यमय संगीत फूटता हुआ महसूस हुआ। लगा, नदी ऊपर उठती आ रही है, पास में आ गई है। वह छू सकता है। मुँह लगाकर पी सकता है उसे।

उसके चेहरे पर अलौकिक आभा फूटने लगी, जल रहा हो जैसे। आँखें फट गईं। पूरा शरीर रबर की तरह खिंच गया...

तभी थोड़ी दूर पर बिछी रेल की पटरी पर धड़...धड़...धड़ करती हुई ट्रेन गुज़री। वह भयानक कँपकँपाहट से सराबोर होकर ख़ौफ़ज़दा हो गया था। उसने रेलिंग कसकर पकड़ ली थी। उसे ऐसा अहसास हो रहा था कि गाड़ी उसके ऊपर से चली जा रही है। गाड़ी पार हो गई।

वह गाड़ी की उलटी दिशा में तेज़-तेज़ चलने लगा। आगे बढ़ता जा रहा था। आत्महत्या के इरादे से पूरी तरह बेख़बर था वह। जितनी जल्दी हो सके, पुल पार कर लेना चाहता था। इस वक्त उसकी इकलौती और सबसे बड़ी अभिलाषा थी कि कैसे भी हो, ढेर सारे आदमियों के बीच पहुँच जाए।

किंतु सड़क पर कोई नहीं था। हल्के उजाले के बावजूद अभी अँधेरा ही था। सब कुछ बड़ा डरावना लग रहा था। एक बैलगाड़ी आती दिखाई पड़ी। वह बैलगाड़ी के निकट पहुँचा कि दायीं तरफ़ थोड़ी दूर से एक आदमी की गाड़ीवान से मुखातिब आवाज़ सुनाई दी। उसने गरदन मोड़कर देखा, कोई आदमी शंख की तरह बनाई गई हथेलियों तक मुँह ले जाकर कुछ कह रहा था। इधर गाड़ीवान बिना गाड़ी रोके बातें करता रहा।

गाड़ी आगे बढ़ गई और वह फिर अकेला रह गया। जबकि बेशुमार शक्ति के साथ वह चाह रहा था कि लोगों के बीच पहुँच जाए। उसने दूसरी तरफ़ देखा, वह एक पूरी बस्ती थी। एक जगह आग भी जल रही थी। बहाना मिल गया, अपरिचितों के बीच पहुँचने का।

यह सड़क से सटे, एक ढलान उतरने के बाद बसी बीड़ी बनाने वालों की बस्ती थी। एक पक्का मकान था। जो ठेकेदार का था। बाक़ी, सारे घर कच्चे, फूस और खपरैलों के थे। ये आग से भी बरबाद हुए थे। बाढ़ से भी। कई बार नदी में बाढ़ आने पर पूरी की पूरी बस्ती बह जाती थी। लेकिन इनमें रहने वाले यहीं फिर झोंपड़ा बनाते थे।

वह ढलान उतरकर नीचे आया। पूरी बस्ती जैसे काफ़ी पहले जाग गई थी। क्योंकि हर घर से धुआँ उठ रहा था।

एक औरत बड़ी देर से चूल्हा फूँक रही थी शायद। उसकी आँखें लाल थीं।

वह जिस झोंपड़े के सामने पहुँचा, वहाँ एक औरत बरतन साफ़ कर रही थी। बच्चा ज़मीन पर लोट रहा था। रो-रोकर खाना माँगता था वह। औरत गाली बकती हुई उठी और उसे गोद में ले लिया। गाली बकती हुई ही बरतन मलने लगी। बीच-बीच में यह भी कह रही थी, ''दाल पकने वाली है, अभी अपने पाजीराम को गरम-गरम रोटी से खिलाऊँगी।''

कोई युवती, जिसकी सम्भवतः हाल में ही शादी हुई थी, शरमाती हुई आई और अपने छप्पर पर कपड़े फैला गयी।

वह अभी संकोच करती होगी, इसलिए कुछ बच्चे उसकी झोंपड़ी के सामने हुड़दंग मचा-मचाकर खेल रहे थे। इतनी सर्दी में इन बच्चों के शरीर पर एक के ऊपर एक दो-तीन कमीजें थीं। लेकिन वे मस्त थे।

औरतें थीं, कि शलवार-कुर्ता पर सर्दी से बचने के लिए एक सूती चादर ले रखी थीं।

आठ-नौ साल की एक बिटिया अपने दुआर पर झाड़ू लगा रही थी। उसका बाप भीतर से निकला, ''वाह ! यहाँ आ तो।'' बिटिया आई तो उसे दस पैसे का सिक्का थमा दिया। खुद पड़ोसी के घर से साइकिल लेकर कहीं के लिए उड़ गया। पड़ोसी अपनी ढीली चारपाई को कस रहा था।

वह आग के निकट पहुँच गया। आग के चारों तरफ़ बैठे लोग उसे देखने लगे।

एक ने पूछा, ''क्या बात है ?''

''कुछ नहीं, आग देखकर चला आया।''

''आओ भइया, आओ। ताप लो। इस जाड़े की चूतियापंथी का क्या कहना।'' कहकर एक बूढ़े ने जगह दे दी, वह बैठ गया। हाथों को लपटों के सामने कर दिया।

''अरे भइया, चप्पलिया उतारकर उसी पर बैठ जाओ और पैर भी गरमाय लो। सुन्न हो गया होगा। अंग्रेज़ी चाल न सीखो।'' अधेड़ था, जो लुंगी और कुर्ता पहने हुए ताप रहा था। उसका टोकना जाने क्यों बड़ा अच्छा लगा। उसने वैसा ही किया। वह चप्पल पर बैठ गया।

''हाँ तो भइया, सुनाओ हाल-चाल कुछ।'' एक ने गर्म हथेलियों से चेहरा सेंकते हुए कहा, ''पढ़े-लिखे हो, कुछ सही बात बताओगे।''

''क्या बताएँ ?''

''अरे, मुख्यमंत्री की कैसी कट रही है ? कुछ उन्हीं के बारे में बताओ। सुना है, इनकी अपनी ही पार्टी में टन्न है।'' यह आदमी काफ़ी वाचाल था। बात ख़त्म करने के बाद भी होंठ हिलाता रहता।

चर्चा छिड़ गई। सभी बातों में मशगूल हो गए।

सभी आपस में मग्न थे।

अब उजाला हो गया था। हल्की-हल्की हवा भी चल पड़ी थी। औरतें अपने काम में व्यस्त हो गईं। लोग बीड़ी बनाने की तैयारी में पत्ते, धागे वगैरह दुरुस्त करने में जुटने लगे थे।

आग की महफ़िल से भी इक्का-दुक्का चले गए। कुछ जाने का मन बना रहे थे। उसने कहा, "अच्छा, अब मैं चल रहा हूँ।" हाथ उठाकर सभी से एक साथ अभिवादन किया।

वह थोड़ी दूर चला होगा कि देखा, कुछ पेड़ों की ओट में एक शोख-सी लड़की हाथ में कटोरा नचाती हुई खड़ी थी। शायद दूध के लिए निकली थी। उसे एक नवयुवक छेड़ रहा था। लड़की मुस्करा रही थी।

उसको देखकर लड़की शरमा गई। लड़के ने कहा, "डरती क्यों है। यही बड़ी बनती थी ?"

लड़की तीखी होकर बोली, "डरो तुम। मुहब्बत किया है, कोई चोरी तो नहीं।"

"आय हाय, मार डाला रे तूने।" लड़का मथ्था पीटकर आहें भरने लगा, "तेरी इसी अदा ने मुझे मजनूँ बना डाला है ज़ालिम।"

लड़की हँसती हुई भाग गई। लड़का अब छाती पीट रहा था।

वह मुस्करा पड़ा। उसकी मुस्कराहट थम नहीं रही थी। उसने रोकने की कोशिश की, तो हँस पड़ा। बिल्कुल वैसी हँसी, जैसी वह एम.ए. तक हँसता था।

एक अद्‌भुत भाव से सराबोर हो उठा था वह।

रास्ते में नदी पड़ी। उसने व्यंग्य से नदी देखी और अपने ऊपर हँस पड़ा।

हल्की-सी धूप निकलने ही वाली थी। चिड़ियों का एक लम्बा जत्था अपनी यात्रा पर जा रहा था। उनकी चहचहाहट में स्फूर्ति का ख़ज़ाना था। सड़क की ओस सूख रही थी।

चाय-पान की दुकानें अब आधी-अधूरी खुल चुकी थीं। रिक्शेवाले चाय-नाश्ता के लिए आ गए थे। मज़दूरों का एक काफ़िला मज़दूर चौराहा की ओर जा रहा था

घर दिखाई पड़ने लगा। वह उस समय विभोर था। उसकी इच्छा होने लगी कि दौड़ता हुआ घर जाए या यहीं सड़क पर नाचने लगे या किसी अपरिचित को बुलाकर बातें करे या...

घर में घुसा। बाबू मंदिर गए थे। अम्मा स्टोव जलाने के लिए हवा भर रही थीं ! उसने कहा, "लाओ अम्मा मैं जला देता हूँ।" जलाने के बाद बोला, "क्या चढ़ेगा इस पर, मैं चढ़ा दूँ।"

अम्मा उसे घूर-घूरकर देखने लगीं, "अच्छा तू जा। ये सब काम मैं अभी कर सकती हूँ। पागल कहीं का।" अम्मा की झिड़की में दुलार छलछला रहा था।

वह कमरे की तरफ़ बढ़ गया। पप्पू पढ़ रहा था।

"कहो गुरु, क्या पढ़ रहे हो ?"

"भइया आज तो तुम पहले की तरह बोल रहे हो। कितना अच्छा लग रहा है।"

"हाँ-हाँ, अब मैं पहले की तरह ही बोलूँगा।"

वह पप्पू को देर तक पढ़ाता रहा।

उस बस्ती में आजकल वह अक्सर देखा जाता है। कभी-कभी शहर के किनारे वाले गाँवों में भी जाता है। कुछ लोग व्यंग्य में, कुछ सम्मान में कहते हैं कि वह किसानों-मज़दूरों की मुक्ति के लिए काम कर रहा है।

लेकिन वह कहता है,—मैं अपनी मुक्ति के लिए यह सब कर रहा हूँ। मज़दूरों और किसानों की मुक्ति से अलग नहीं है हम सबकी मुक्ति।

इन दिनों वह पहले की तरह सुंदर हँसी हँसने लगा है। नहीं, पहले से कहीं अधिक सुंदर हँसी।

वह पूरा का पूरा बहुत अच्छा लगने लगा है।

वह ठहाके भी लगाता है।

मुहब्बत

चौदह साल का अभय निम्न-मध्यवर्गीय परिवार का ऐसा लड़का था जिसके स्वास्थ्य की तुलना टिटहरी से की जा सकती है, पर हनुमान स्वामी उसके आराध्य देवता थे। वह नित्य उनकी पूजा करता और सुबह-शाम लाल लँगोट पहनकर कसरत करता। दूध-फल वगैरह सुलभ नहीं था, वर्ना उसका भी सेवन होता।

जाति से कायस्थ पर स्वभाव से वह ब्राह्मण था। चुर्की रखता था और किसी का जूठा नहीं खाता था। प्रत्येक दिन वह नहाता और गन्दे कपड़े पहनता।

रामलीला में उसकी भक्ति थी और ताश में दिलचस्पी।

उसकी बहन रंजना दो ही साल छोटी थी किंतु उसके प्रति वह गम्भीर रूप से निर्मम था। रंजना ने किसी लड़के को देख-भर लिया, उसके हृदय में कुढ़न का तूफान उठने लगता था। खुदा न खास्ता बात कर ली तो वह इस तरह आँखें तरेरता कि बेचारी की सिट्टी-पिट्टी गुम हो जाती। रंजना थोड़ी-सी भी देर लगाकर लौटती तो पाती, भाई घनघोर गर्जना कर रहा है।

बूढ़ी, जवान औरतों की हँसी और लड़कियों की खिलखिलाहट...

ढम...ढमक...ढमक...ढम...ढम
बन्नी को लाना कश्मीर से
सेहरा तेरा रंग-रंगीला
लड़ियाँ हैं चमकीली
बन्ना मेरा छैला-छबीला
बन्नी है कश्मीरी
शहजादे बन्ने...

सीमा सहेलियों से घिरी गा रही थी। ढोलक भी उसी के हाथ में थी। तेरह-चौदह

वर्ष की सीमा पूरी मंडली में छायी हुई थी।

बन्नी है फूल गुलाब
बन्ना मेरा चाँद है...
ढमक...ढमक...ढम

अभय छत पर डेढ़ घण्टे से टस से मस न हुआ था। इधर रोज़ का नियम हो गया था। नीचे आँगन में जैसे ही मंडली जमती वह छत पर आ धमकता। दोनों एक शादी में यहाँ आए थे। सीमा का तो पता नहीं लेकिन अभय उड़ने लगा था।

छोटी उम्र में ही उसे मुहब्बत हो गयी। यों जमाने की हवा देखते हुए यह उम्र कुछ ज़्यादा ही है। आजकल तो छोकरे-छोकरी तुतलाना ख़त्म नहीं किया, बढ़ाने लगे इश्क की पतंग।

वैसे मुहब्बत पक्की खोपड़ी वाले कहेंगे। क्योंकि उस वक्त उसके दिमाग़ में मुहब्बत का कोई ठीक खाका भी नहीं था। उसे सीमा अच्छी लगी थी, बस ! इस तरह अच्छी भी नहीं लगी थी जैसे आमतौर पर मुहब्बत में होता है। उसको वह काफ़ी समय बाद अच्छी लगी थी, वर्ना कुछ पहले एक भाभीजी ने दोनों को लेकर मज़ाक़ कर दिया था, तब वह ऐसा घबड़ाया कि पेशाब लग गई।

अभय को देखकर किसी को हँसी आ जाए तो इसमें हँसनेवाले की ज़रा भी ग़लती नहीं। वह आधे से अधिक निकर ढँक लेने वाली कमीजें पहने रहता था। रंग गेहुआँ था किंतु नाक पकौड़ी-सी और जबड़े चौड़े थे। चेहरे पर हमेशा एक भकुआपन विराजमान रहता। क़द ऐसा कि उसके पिता बाबू देवीदयाल अकसर कोसा करते, "खानदान में यह भाँटा कहाँ से पैदा हो गया ?"

सीमा ख़ूबसूरत लड़की थी। वह गालों पर क्रीम चुपड़ती और नाख़ूनों पर पालिश। उसकी चमड़ी से सरसों-सी सुगंध निकला करती। बायीं नाक के बीच का हिस्सा था कि बिना पहने ही लगता, उसने कील पहनी है। लंबाई में वह अभय से भी छोटी थी पर उसके बाप मिस्टर नरेश चंद्र उसे बैगनी नहीं कहते थे क्योंकि वह ऊँची एड़ी की चप्पलें पहनती थी। रिश्ते में वह अभय के ताऊ की लड़की थी।

अभय को सीमा अच्छी लगते ही एक बात हुई कि वह चरफर हो गया। नाश्ता बन रहा है या खाना, वह रसोइया के सिर पर सवार होकर जल्दी ही ले लेता और लाकर सीमा को पकड़ा देता। दिखाने के लिए औरों को भी देता और कामकाजी होने की वाहवाही लूटता। लोगों की आँखों में धूल झोंकता हुआ वह इश्कबाजी कर रहा था। लोग थे, कहते, यह इत्ता-भर का लड़का कित्ता काम करता है। बड़ा अच्छा है।

उसका मन इन तारीफ़ों से हल्का-फुल्का ख़ुश हो जाता लेकिन उसे फ़िक्र इसी बात की लगी रहती कि सीमा कब उसका गुण गाए। मगर वह कुछ कहती ही न।

जो कुछ अभय ले आता, झपटकर खा जाती और अपने काम में लग जाती। वह इसी उधेड़बुन में घुटता जा रहा था कि सीमा पर सिक्का जैसे जमाए। धीरे-धीरे वापस जाने का समय भी आ रहा था।

आख़िर एक दिन मौक़ा आ ही गया। सीमा अपने मम्मी-पापा और भाई के साथ ताश खेल रही थी। वह सीमा के हाथ बटोर रहा था। तभी भाई को किसी काम से उठना पड़ा। जाते समय भाई ख़ुश था क्योंकि पौन घण्टा से लगातार हार रहा था। अभय को खेलने का मौक़ा मिला गया। ताश पीसने लगा वह।

ताश के खेल में माहिर था वह। पहली ही बार में जीत गया। फिर जब तक खेल हुआ, सीमा को पीसना पड़ा। वह खिसिया गयी।

इस हार का बदला उसने अगले दिन गुट्टी के खेल में लेना चाहा। सोचा, लड़कियों का खेल, यह क्या जानेगा। हरा दूँगी। किंतु वह पिशाच की तरह दूर-दूर तक की गुट्टियाँ समेट ले रहा था...। एक दिन रस्सी कूदते समय अभय को देखा तो रस्सी उसे थमाकर विद्रूप थे मुस्कराने लगी। अभय ने रस्सी थामी और कूदना शुरू कर दिया। पचास....सौ...डेढ़ सौ हो गए, उसके पाँव फँसते ही न...

अब वह भयभीत हो गई। वह उसे बेताल की तरह लगा और उसके दिमाग़ में सवार हो गया। रह-रहकर कौंधता। रात होने लगी, तब भी उसके मन में वह था।

...दोनों ने इस बात को झूठा साबित कर दिया कि जवानी में समय मुश्किल से बीतता है। उनका वक़्त तेज़ी से बीता। वे समय को देखते ही देखते फाँदते गए। वह भरा-पूरा नवयुवक हो गया। सीमा की लंबाई खास न बढ़ी पर वह जवान गुड़िया की भाँति निखर आई। उसकी माँ समझाया करतीं, लड़की की तरह रहना सीखो। वह कहतीं, हर वक़्त निगाह दुपट्टे पर रखो। जबकि अभय का बाप चिड़चिड़ा उठता, "इस ससुरे ने तो हमारी जान का जंजाल कर दिया है। रोज़ दो बित्ता बढ़ता है और कपड़े बेकार कर देता है। कहाँ से लाऊँ लाट साहब के लिए रोज़-रोज़ कपड़ा।"

वह केवल बढ़ा ही नहीं था, उसकी रेखें घनी हो गयी थीं। दाढ़ी भी सिर उठाने लगी थी, जिसकी वजह से उसकी नाक अब पकौड़े-सरीखी न लगती और जबड़े छोटे दिखाई पड़ने लगे। बड़ी-बड़ी आँखें गहरी हो गईं, जिसकी तलहटी से हर पल कुछ झरता रहता था।

अभय ने ये दिन ऐसे ही नहीं बिता डाले। सीमा ने उसको बदलकर रख दिया। वह पूरी तरह सीमा का हो चुका था। साथ ही घनघोर रूप से चाहने लगा, सीमा भी उसकी हो। पर वह यह भी जानता था कि उस जैसे पोंगा से सीमा का प्रभावित होना असम्भव है। इस जानकारी पर पहले तो वह खिसियाया मगर फिर मंज़िल की तरफ़ चल पड़ा। उसने चुर्की कटवा डाली और ढंग के पकड़े पहनने लगा। क़सरत

करना छूट गया, खेल में रुचि हुई। सुबह हनुमान जी की पूजा करने के बजाय वह दिन-भर सीमा का नाम जपता। उसके दिल में अब सीमा की मूर्ति थी। वह सीमा का भक्त था।

उसने प्रेम-प्रदर्शन का आरम्भ सभी प्रेमियों की तरह चोट्टापन से किया। वह सीमा को एकटक ताकता रहता और जब नज़रें मिल जातीं तो आँखें चुराकर हथेलियाँ मसलने लगता।

तभी एक दिन झटका लगा, रक्षाबंधन करीब था। ताई ने कहा, "अभय तुम राखी बँधवाने आना।"

उस समय उसने कहा, ठीक है पर घर में दूसरे ज़िले में खेलने का बहाना बनाकर वह भागा। दो दिन एक दोस्त के यहाँ दुबका रहा। वह बेहद दुखी था, इस चक्कर में अपनी बहन से भी राखी न बँधवा सका।

सीमा में भी दो परिवर्तन हुए, पहला उसने अभय से नमस्कार करना छोड़ दिया और दूसरा उससे बिना किसी संबोधन के बात करती। अभय ने इसे सफलता की पहली सीढ़ी माना। फिर जब देखा, सीमा भी उसको देखती रहती है और लड़ जाने पर आँखें झुका लेती है तो तय किया कि अब कहने की वेला आ गयी है। उसने सोचा, 'मैं तुम्हें प्यार करता हूँ' हिंदी में कहूँ या अंग्रेजी में, 'आई लव यूँ'।

पर इतना कहना उसके लिए सबसे ऊँचे पहाड़ की चोटी पर चढ़ना या समंदर लाँघना बन गया। वह रोज़ रात में योजनाएँ बनाता कि मैं उससे ये कहूँगा तो वह यह कहेगी तो मैं ये कहूँगा फिर वह यह कहेगी, इस पर मैं कह दूँगा, मैं...तुम्हें ...तुम्हें प्यार करता हूँ। ऐसा होता भी पर अन्तिम दौर में जब सत्य कहने का वक्त आता, वह घबड़ा उठता और कह बैठता, 'वह ज़रा हिस्ट्री वाली किताब उठाना' या 'आजकल बड़ी गर्मी है, ओफ्'। ऐसा नहीं कि उसके भीतर हिम्मत की कमी थी। दरअसल वह इससे डरता था कि अगर सीमा का लगाव दूसरे ढंग का हुआ तो क्या सोचेगी ? कहीं झापड़ न मार दे ? कहीं चिल्लाने न लगे। चिल्ला-चिल्लाकर घरवालों को न बुला ले। उसका दिल बैठ जाता।

सीमा थी, कुढ़ती कि अजीब मूरख आदमी से पाला पड़ा। एक जगह पर इश्क की गाड़ी को खड़ी कर दिया है। आगे बढ़ाता ही नहीं। कभी-कभी वह ऊब जाती और उसे हिकारत से देखती। इस पर वह हताश हो जाता। उसे लगता, सीमा उसे ज़्यादा नहीं चाहती।

सीमा सोचती, वह अड़ियल घोड़े की तरह अड़ गया है। मेरे पुचकारने पर आगे नहीं बढ़ेगा। थोड़ा लापरवाह होकर देखा जाए।

सीमा की लापरवाही उस पर बज्र की तरह गिरती। वह दुख की उफनाती नदी में डूबने लगता। अगले दिन सीमा को अपना बनाने का प्रयास शुरू से करने

लगता, कोई चीज़ खाने को मिलती तो पहले उसे खिलाता। वह कहती, नहीं खाऊँगी तो वह कहता, लो मैं भी नहीं खाऊँगा।

''बेटे खाना खाकर निकलना।'' अम्मा ने कहा।

''अभी तो आया हूँ, कहाँ निकल जाऊँगा ? खा लूँगा।'' अभय कमीज़ के बटन खोलने लगा। वह मैच खेलकर आया था, कमीज़ उसकी पीठ से चिपकी थी।

''तेरा रोज़-रोज़ का यही चक्कर है। सुबह बिना खाए निकल जाता है। मैं जानती नहीं क्या ? कहे देती हूँ, जहाँ जाना हो खाकर जाना।'' अम्मा बड़बड़ाने लगीं, ''पता नहीं कैसा लड़का है। खाने-पीने की कोई फ़िक्र नहीं...''

बहन ने आज साड़ी पहनी थी। आदत न होने की वजह से उसे पकड़ रखा था। उसने अभय के सामने पानी का ग्लास लाकर रख दिया। वह चिढ़कर पीढ़े पर बैठ गया और बोला, ''लाओ।''

अम्मा ने चार रोटियाँ और भरता के साथ अचार रखकर थाली को खिसका दिया। वह मुस्करा रही थीं। जानती थीं कि बेटे का ग़ुस्सा बनावटी है। नाटक कर रहा है।

वह उकड़ूँ बैठकर तुनका, ''इतना नहीं खाऊँगा। दो रोटी निकाल लो।''

बहन भी नाटक में हिस्सा लेने लगी, ''खा लो भइया, खा लो। कौन ज़्यादा है।''

उसने रंजना के कान के पास मुँह ले जाकर धीरे से कहा, ''प्रकाश कितनी रोटी खाता है ?'' बहन का चेहरा लाज से लाल हो गया। प्रकाश कवि था और रंजना का प्रेमी था। रंजना चाहती, वह हमेशा प्रेम पर कविताएँ लिखे किंतु दुनियादारी की कविताएँ लिखने से उसे फ़ुर्सत ही नहीं मिलती थी।

''अच्छा एक रोटी निकालो।'' वह अडिग था।

''तू जनम का जिद्दी।'' अम्मा ने हँसते हुए एक रोटी निकाल दी और चौकन्नी होकर पूछ बैठी, ''ताऊ के यहाँ गया था ?''

वह थोड़ी देर ख़ामोश रहा फिर बेमन से बोला, ''हाँ गया था।''

अम्मा का चेहरा बुझ गया। बहन मुस्कुराने लगी।

पहले अभय ताऊ के घर जाने से परहेज करता था। अम्मा और पिताजी कोंचते रहते कि हो आया कर लेकिन वह बहाने बनाता फिरता, क्योंकि वहाँ लोग उसे अनादर और उपहास की दृष्टि से देखते।

अब वह अकसर जाता। वहाँ अब भी सम्मान नहीं मिलता लेकिन जाता। अब अम्मा-पिताजी घबड़ाते। चाहते, पूछने पर वह कहे, नहीं गया था। उनके मन में दहशत और बेचैनी का धुआँ था। बेटे और सीमा के हाव-भाव कुछ अशुभ संकेत

देते थे पर वे विवश थे। बिना किसी ठोस सबूत के घुट ही सकते थे। आखिर सीमा रिश्ते में उसकी बहन ठहरती थी और 'भाई-बहन' पर लांछन लगा देना आसान नहीं था। उन लोगों के भीतर ऐसी आशंका थी जिसे वे झूठ साबित होते हुए देखना चाहते थे।

खाना खाकर अभय ने कपड़े बदले और शीशा-कंघी लेकर कमरे में आ गया। वहाँ कोई न था। कई ढंग से बाल सँवारे। जब शीशे में अपने को सुंदर पाया, कंघी रख दी। कमीज़ का ऊपर वाला बटन खोल लिया। होंठ, आँखों वग़ैरह को विभिन्न मुद्राओं में टेढ़ा-मेढ़ा कर आइने में देखा, दुरुस्त पाया। ताऊ के घर की ओर गया।

वैसे इस वक्त जाने में वह संकोच महसूस कर रहा था क्योंकि दिन में भी गया था। ताऊ-ताई क्या सोचेंगे ? कहीं भाँप न जाएँ ? पर एक बहाना सूझ गया कि जाते ही कहेगा, "एक दोस्त के यहाँ आया था। था नहीं, डेढ़-दो घंटे बाद आना था उसे। सोचा यहीं बैठकर समय बिता लूँ।"

वह ऐसे ही बहाने बनाया करता था। कभी सीमा के लिए किताब लाता तो कभी पूछने आता, कौन-सी किताब चाहिए ? अख़बार में वाण्ट देखने आता, कभी कटिंग लेने। यह तो वह प्रायः करता कि आता और कोई चीज़ जान-बूझकर छोड़ जाता। पता चलता, शाम तक अपनी भूलने की आदत पर खीज प्रकट करता हुआ विराजमान है।

बहुत बार उसने टाइम-टेबुल बनाया कि सोमवार और मंगलवार को जाएगा। बुध को नागा कर बृहस्पति और शुक्र को जाएगा। शनि और रवि को फिर नागा। पर उसका टाइम-टेबुल हफ़्ता भर में ही चकनाचूर हो जाता। वह हफ़्ते में दर्जन-भर से काम बार न पहुँचता।

ताऊ के यहाँ कोई रिकार्ड बज रहा था, जिसकी धुन पर सीमा का बड़ा भाई उछल-कूद मचा रहा था। ताई पति के लिए मोज़े बुन रही थीं। वह घुसा और घबराहट में भाई को नमस्कार कर डाला। भाई कुत्ते की तरह गरदन आगे करके चिल्लाया, हव्वाउ। फिर चुप होकर उछलने लगा।

अभय ने सीमा से पूछा, "कहो सीमा, क्या हो रहा है ?"

वह चारपाई पर बिखरे सामानों को समेटकर मुस्कराने लगी।

ताई ने कहा, "बेटी जाओ पकौड़ियाँ तल कर लाओ।" वह जैसे ही घर में घुसता ताई सीमा को किसी काम के लिए उठा देतीं। पर वह भी घाघ था। ऐसी जगह साध कर बैठता, जहाँ से सीमा कहीं भी हो, दिखाई पड़े। वह सीमा के परिवार वालों को गच्चा पर गच्चा पर गच्चा दिए जा रहा था।

सीमा किचन में जाकर मुस्कराई और काम में जुट गई।

वह भी काम में जुट गया। काम था, सीमा को लखते रहना। वह कई मिनट

तक लगातार देखता रहता। सीमा भी इस काम में उससे उन्नीस न पड़ती।

भाई अभी भी कूद रहा था। अभय का मन हुआ, लंगी मारकर गिरा दे साले को। अपने इस ख़्याल पर वह मुस्कराया। किचन से सीमा ने आँखें मटकाकर मुस्कराने की वजह पूछी। वह पेट पर हाथ फेरने लगा। सीमा हँसती हुई पकौड़ी तेज़ रफ़्तार में बनाने लगी।

''कहो अभय घर में सब ठीक हैं।'' ताई चश्मा उतारते हुए मुख़ातिब हुईं।

''हाँ ताई सब ठीक है।'' मन में उसने कहा, ''चलो इनको डकार तो फूटी।''

पकौड़ियाँ आ गईं। ताई चुगने लगीं। भाई ने झपट्टा मारकर एक पकौड़ी उठाई। मुँह में ठूँसकर धमकने लगा। उससे किसी ने पूछा तक नहीं। वह भी हाथ सिकोड़े बैठा था।

''खाइए।'' सीमा बोली।

''भइया खाइए कहते नहीं बनता ? खाओ अभय।'' ताई का मत्था सिकुड़ गया था।

डाँट खाकर सीमा ने सिर झुका लिया। ख़ामोश हो गई। थोड़ी देर बाद आँखें उठाकर अभय को देखा, वह उसे ही देख रहा था। सीमा ने अपनी बड़ी-बड़ी आँखें उसकी आँखों में डाल दीं।

बाहर से ताऊजी आए। वे सीधे अपने कमरे में चले गए। ताई भी उधर चल पड़ीं। भाई जैसे माँ को ही नाच दिखा रहा था, भाग गया।

मौका पाकर अभय ने सीमा की कलाई पकड़ ली, ''तुम उदास क्यो हो ?''

''अपना गला काटना चाहती हूँ। चाक़ू दे दीजिए।'' सीमा ने अपनी गरदन थोड़ी-सी उठा दी। गोरी गरदन का कंठ भीगी गौरैया-सा काँप रहा था।

''तुम क्या करोगी चाक़ू ? तुम तो ख़ुद ही चाक़ू हो !''

वह विहँस पड़ी, ''बहुत बोलते हैं आप, पर मम्मी-पापा के सामने बोलती बंद हो जाती है।''

''उनकी बात का जवाब बोलकर नहीं, करके दूँगा।''

''क्या करेंगे ?'' उसने नाक सिकोड़ी।

''तुमको उड़ा ले जाऊँगा। तब पता चलेगा तुम्हारे मम्मी-पापा को।'' उसने सीमा के ओठों को चूम लिया। कलाई अभी भी पकड़े था।

''मन होता है, हमेशा आपसे बातें करूँ।'' वह अपने ओठ चूस रही थी, ''मेरा यहाँ मन नहीं लगता। यहाँ किसी को किसी से लगाव नहीं...''

''सीमा...ऽ...ऽ...बेटी...।'' पापा ने पुकारा था।

''लो आ गया बुलावा। छोड़िए कलाई।'' उसने चिकोटी काटकर कलाई छुड़ा ली और चिढ़ाते हुए चली गई।

अभय को लग रहा था, सीमा ने जहाँ चिकोटी काटी है, वहाँ गुलाब की पंखुड़ी चिपक गई है। उसने सूँघा भी।

ऊपर ज़ोर-ज़ोर से बिगड़ने की आवाज़ें आ रही थीं।

वह पुस्तक पढ़ना शुरू करता, सीमा हरकत करने लगती। न पढ़ता तो भी हरकत करती। वह बेचैन हो गया। मन हुआ कि आधा घण्टा जी भरकर सोच ले फिर इतमीनान से पढ़े। किताब रखकर वह सोचने लगा। सोचता रहा...। करीब आधा घण्टा बाद पढ़ना शुरू किया, तो दो घंटे जमकर पढ़ाई की। एक घंटा ओर पढ़ने के बाद सोने का वक्त हो गया। सोने के पहले का पंद्रह मिनट का समय सीमा के लिए निश्चित किया था। वैसे वह काफ़ी थका था क्योंकि सीमा से मिलकर उसने फुटबाल खेला था। खेला क्या; पगला गया था। मैदान में बवण्डर की तरह दौड़ता था और बुलट की तरह गोल दागता था। इसीलिए थका था, पर क्या हुआ, सीमा की याद में तो डूबना ही था।

बिजली गुल कर तकिए में मुँह ढाँप लिया और बुदबुदाया, 'मैं पागल हो गया हूँ। सीमा मैं पगला जाऊँगा। सीमा। सीमा ! ओ सीमा।' वह अपनी बेवक़ूफ़ी पर खिसियाया और बाल नोचने लगा।

अचानक उसकी कलाई पर कुछ रेंग गया। उसे लगा, कलाई में गुदगुदी हो रही है। सीमा ने जहाँ चिकोटी काटी थी उस जगह को वह सहलाने लगा।

''हे भगवान कैसे बेड़ा पार होगा ?'' उसने करवट बदली, ''सीमा मैं तुम्हें अपनी पत्नी बनाऊँगा।''

उसके ऊपर गोया जलता लोहा रख दिया गया हो, सीमा ताऊजी की लड़की है।

कोई डरावने सपने में जैसे तड़फड़ाता है, 'यह लड़की ताऊजी के घर में क्यों जनमी।'

वह उठ बैठा। अँधेरे में टुकुर-टुकुर ताकता रहा। कुछ उसकी समझ में नहीं आ रहा था। सिर भारी था।

वह घुट रहा था, ''लोग जानेंगे तो क्या कहेंगे ? थूकेंगे हम पर। फिर अपनी छोटी बहन भी तो, उसकी शादी कैसे हो पाएगी ? कैसे हो पाएगी उसकी शादी ? वह कुँआरी रह जाएगी ?'' पसीना चूने को हो आया, तब उसे पता चला, बड़ी देर से पसीने में भीगा।

वैसे वह सच्चे मन से चाहता था कि बहन की शादी प्रकाश से हो। प्रकाश की ईमानदारी और ताक़त से भी वह परिचित होकर निश्चिंत था। लेकिन यह भी जानता था कि अम्मा और बाबू किसी भी हालत में रंजना की शादी उसके साथ पसंद नहीं करेंगे। रंजना की शादी प्रकाश से हो नहीं पाएगी और अगर वह सीमा

से शादी...तो रंजना को कुँआरी रहना...।

उसने पाया, वह और अधिक पसीने से भीग चला है। दिल की धड़कनें काफ़ी तेज़ हो गई हैं।

यह कोई नयी स्थिति नहीं थी। अकसर वह ख़ौफ़नाक दहशत के सख़्त पाटों के बीच घिर जाता था। जब से वह समझदार हुआ ज़माने का रुख़ पहचानने के क़ाबिल हुआ, इस तरह का एहसास उसे दबोचने लगा। उसके लिए अपने, सीमा, प्रकाश और रंजना को लेकर लोगों का नजरिया काल कोठरी के क़ैदी की आँखों के सामने हिलते फाँसी के गोल फंदे जैसा था। पर ऐसा कभी-कभी होता। प्रायः वह मस्त रहता। उसका मानना था, "मुहब्बत ने मुझे ज़िन्दादिल बना दिया है।"

ताई के घर पहुँचा, सीमा को अकेली पाया। वह चुस्त शलवार ढीला कुर्ता पहने थी। दुपट्टा एक किनारे पड़ा था। दायें गाल के बीच मच्छर ने काटा था। गोरे रंग के बीच वहाँ का लाल हिस्सा ख़ूबसूरती बढ़ा रहा था। वह पेट के बल लेटी थी। दोनों पाँव एक-एक कर उठा-गिरा रही थी। चेहरे से लगता था, थोड़ी देर पहले रो चुकी है।

"तुम्हें मच्छर ने काटा है।" अभय ने अपना गाल सहलाते हुए कहा।

वह पाँव हिलाती रही। अभय बैठ गया, "तुम्हें डाँट पड़ी है क्या ? और लोग कहाँ हैं ?"

"सब घूमने गए हैं। मैं नहीं गई, इसलिए डाँट पड़ी है।"

"तुम क्यों नहीं गईं।"

"मैं आपको मारूँगी।"

"क्यों ?"

"आप बेतुकी बात क्यों बोलते हैं ? आपको आना था तो मैं जाती कैसे।" वह मुस्कराई। मगर साथ में आँखें भी भर आईं।

"मैं रोऊँगा।"

"क्यों ?"

"तुम क्यों रो रही हो ?"

वे एक-दूसरे की आँखों में झाँकते हुए हँस रहे थे।

पानी आ गया था। नल खुला था। सीमा नल बंद करने के लिए उठने लगी। अभय ने रोका, "तुम ठहरो, मैं बन्द कर देता हूँ।"

वह बाहर आया तो सीमा ने पूछा, "यह बताइए, क्या 'लव' में लोग दूसरों को भूल जाते हैं ?"

"कौन कहता है ? मुझे तो 'लव' के बाद अम्मा, बाबू, बहन से और ज़्यादा अपनाना हो गया है। दोस्त भी ख़ूब अच्छे लगते हैं। सब ख़ूब याद आते हैं।"

"पर मुझे तो अपने मम्मी-पापा लोगों से हेट होने लगी है।"

"यह तो भूलना हुआ नहीं। हेट करना भूलना नहीं है।"

"आप इतनी सारी बातें समझने कैसे लगे ?"

" 'लव' की कृपा से। तुम्हें मच्छर ने तेज़ काटा है।" वह उस जगह को छूने लगा, "मच्छर साला गुण्डा था।"

"अच्छा, आप क्या हैं ?" सीमा ने शरारत की।

"मैं चालबाज़ हूँ। तुम्हारे बाल उड़ रहे हैं।"

"तो मैं क्या करूँ।"

"और ज़ोर से उड़ाओ।"

कॉलबेल की घनघनाहट हुई। अभय ने जाकर दरवाज़ा खोला। ताऊ लोग थे। उसे देखते ही उनके चेहरे ताम्बई हो गए। नथुने फड़कने लगे। ताऊ के नाक के भीतर के बाल उड़ते हुए दिखाई दे रहे थे। पर वे ख़ामोश चलने लगे। ताई धमकती हुई चल रही थीं। उसने सोचा, यहाँ से खिसक ले। लेकिन ख़्याल उठा, इससे तो इन लोगों की शंका और बढ़ेगी। फिर तुरन्त खिसक जाने पर ये लोग सीमा की पता नहीं कितनी दुर्गति करें। वह भी उनके पीछे लगा।

मेज़ पर सामान का थैला रखकर ताई ने जमुहाई ली। उनका मुँह बुरी तरह खुल गया। गले की घंटियाँ हिलती हुई दिखीं।

ताऊ ने एक लिफ़ाफ़े से दो अंगूर निकाल कर मुँह में रख लिये और तौलिया से पसीना पोंछने लगे।

उसे वितृष्णा-सी हुई। उठ खड़ा हुआ। हाथ जोड़कर सीमा को देखते हुए ताई से बोला, "अच्छा चल रहा हूँ।"

उसके नमस्ते का जवाब देते हुए सब ऊपर चले गए। वह अकेला रह गया। बगल में चारपाई थी। चारपाई के सिरहाने सीमा का तुड़ा-मुड़ा लाल-दुपट्टा था। उसे लगा, कमल का कोई फूल उगा है। उसने दुपट्टा उठा लिया। थोड़ी देर हाथों में लिए रहने के बाद सूँघा। फिर उसको अपने चेहरे पर रगड़ने लगा। वह महसूस कर रहा था कि बहुत बड़ी नियामत मिल गई है। दुपट्टा सीने से लगाकर आह भरने लगा।

बाहर आया। धूप चटख थी। मौसम में उसम थी पर उसे अहसास हो रहा था, चाँदनी बिछी है। ठण्डी बयार बह रही है। उसे अपने भीतर कुछ भी खाली नहीं लग रहा था। सब कुछ भरा-पूरा लग रहा था। लग रहा था, उसके भीतर आत्मविश्वास की कोई झील बह रही है।

सुबह वह सोता रहा, जब तक कि बहन ने पानी छिड़ककर उठाया नहीं। उठकर बैठा तो बहन ने ही अख़बार उसके बिस्तर पर फेंका।

अभय ने अख़बार बीच में ही रोक लिया पर उसे पढ़ने के बजाय एक तरफ़ रख दिया। रंजना से कहा, "बैठो।"

बैठ गई वह। कुछ सुनने के लिए उसकी ओर देखने लगी।

"ये बताओ, प्रकाश का क्या हाल-चाल है ?"

"ठीक है।"

"तो क्या तैयार हो, तुम दोनों के लिए अम्मा-बाबू से बात चलाऊँ।"

"बड़े तो तुम हो भइया। पहले मैं तुम्हारी और सीमा की बात चलाऊँगी।" वह पुरखिन की तरह बोली।

दोनों एक साथ हँस पड़े।

सोने का चाकू

उनकी चार औलादें थीं। जाहिद, ताहिर, मुजाहिद और फ़ाकिर। फ़ाकिर के सिवा बाक़ी सभी सयाने हो गए थे। इस शहर में उन्हें नवासा मिला था, क्योंकि नाना की इकलौती औलाद का इंतकाल हो गया था। वैसे कहने वालों की ज़बान पर कोई ताला नहीं लगा सकता। लोग कहते हैं कि मीर साहब ने अपने मामा को ज़हर दिलवा दिया था।

मीर साहब ने मामा की मल्कियत सँभाली तो उनके सामने सबसे बड़ी लेकिन प्रमुख समस्या थी, रोब ग़ालिब करने की। नतीज़ा यह हुआ कि बेक़सूर लोगों पर ...ज़ुल्म बढ़ चला। उनके अत्याचार की एक ख़ास अदा थी। वे रियाया को गुंबद में बँधवाकर पीटते थे। ख़ैर, अब तो वह बुलंद ज़माना ही चला गया। जिसका उन्हें बहुत दुःख था।

उन्होंने यहाँ आकर एक और काम किया, तवायफों में अपना विशेष स्थान बनाया। तवायफों के बीच उनका इतना दबदबा था कि उनकी ज़िद पर हीरा बाई ने चाँदा (अवध प्रांत का एक क़स्बा, जहाँ की वेश्याओं के सम्मान में प्रांत की अन्य वेश्याएँ उनके सामने घुँघरू तक नहीं बाँधती) में घुँघरू बाँध लिया था। लौटने पर उसे बिरादरी से इतनी फटकार मिली कि वह फूट-फूटकर रोने लगी। तब मीर साहब खाँसते हुए सीढ़ियाँ उतर गए थे।

सच्चाई यह थी कि उनसे वे सभी भयंकर घृणा करती थीं। वे महफ़िलों में मुफ़्त बुलाते जबकि दोस्तों में हज़ार रुपए में बुलाने का ऐलान करते। उन सबका मन करता कि मीर साहब को कोड़ों से इतना पीटें कि उनके कपड़े तार-तार हो जायें। मगर वे मज़बूर थीं, क्योंकि उन्हीं की बिल्डिंग में वे सभी सस्ते किराए पर किराएदार थीं।

मीर साहब को शिकस्त दी मदीना ने। मदीना के बूढ़े अब्बा नन्हें मियाँ मस्जिद की बग़ल में लालटेन बनाने का काम करते थे। मदीना बहुत सुंदर थी। गेहुँवन रंग

वाले चेहरे पर तैरती हुई-सी गहरी-गहरी आँखें। वह बेहद भावुक लेकिन इरादे की पक्की थी। मीर साहब ने उससे प्रेम किया। बड़े-बड़े वायदे किए। फिर ज़िनां किया। फिर अपनी ज़िन्दगी से भगा दिया। मगर अगले ही दिन मदीना उनके बँगले पर पहुँच गयी। मीर साहब ने ग़ुस्सा दिखाया तो उसने उनका मुँह नोच कर लहू-लुहान कर दिया और घर में ज़बरन घुस गयी। तब से वहीं रह रही है। बीवी की मौत के बाद कुछ दिनों की जद्दोजहद से उसने मीर साहब को निकाह के लिए राज़ी कर लिया। इतने दिनों के साथ ने उनके मन में भी लगाव पैदा कर दिया था। वे पिघल गये। शादी करने के साथ-साथ मदीना से माफ़ी भी माँगी। मदीना को मीर साहब के रूप में जैसे कोई पैगम्बर मिल गया हो। वह जन्नत में पहुँच गई हो। मुजाहिद और फ़ाकिर उसी से पैदा हुए।

जाहिद भट्ठा चलाते थे। ताहिर ठेकेदारी करते थे पर असल धन्धा तस्करी था। मुजाहिद जनरल स्टोर्स की दुकान देखता। फ़ाकिर हाई स्कूल में पढ़ता था। स्कूल से लौटने के बाद दुकान पर मुजाहिद की मदद करता।

जाड़े की शाम थी। चहल-पहल को ठंडक ने सोख लिया। सड़कें ख़ाली-ख़ाली और वातावरण वीरान लगने लगा। मुजाहिद ने बीरू चायवाले से स्पेशल चाय बोल दिया फिर अलमारी से गिरने-गिरने को हुए सामानों को ठीक किया।

दो-एक मिनट बीता होगा, एक ग्राहक आ गया, ''स्टोव की एक पिन चाहिए।''

वह उठकर पिन ले आया। शुरू में उसे ऐसे ग्राहकों से बड़ी खीझ होती थी। वे पाँच पैसे के लिए उठने की जहमत कराते थे। पर मालूम नहीं कैसे अब्बा ने इस खीझ को भाँप लिया था, ''देखिए हजरत, इस तरह तिजारत नहीं हो पाती, उसके लिए तहजीब और मशक्कत की ज़रूरत होती है। समझे ! और ये जो ख़ाली वक़्त में बैठ जाते हो, ऐसे काम नहीं चलेगा। खड़े रहा करो। तभी ख़रीदार आयेंगे।''

उसे तिजारत का तरीका आता भी कैसे, अभी उसकी उम्र ही क्या थी ! अठारह वर्ष।

अब्बा और भाइयों की लापरवाही से वह बिगड़ गया था। कोई टोकने वाला था नहीं। स्कूल से भागने लगा। सिनेमा, चाय और जुआ उसके शौक़ बन गये।

अब्बा को दौलत इकट्ठी करने का नशा तो था ही, उस पर इंटर में मुजाहिद का दो बार फेल हो जाना। उन्होंने उसकी पढ़ाई छुड़ा दी। क़स्बाई शहर के हिसाब से बेहतरीन दुकान खुलवाकर उसे बैठा दिया और कहा, ''प्राइवेट इम्तिहान दिया करिये।''

अब तो उसका मन कुछ लगने लगा वर्ना पहले उसे दुकानदारी कालकोठरी लगती, जिसमें वह अकेला क़ैद कर दिया गया हो। उसका दिल सड़कों पर घूमने

और दोस्तों के बीच बतियाने को मचलता।

बीरू चाय का गिलास रख गया। इस बीच चार-छः अच्छे ग्राहक आए थे। आख़िर में एस.डी.ओ. का चपरासी उनके छोटे से बच्चे के साथ आया था। मुजाहिद ने सामान अच्छी तरह पैक किया और बच्चे को मुफ्त में टाफ़ी देकर मुस्कराया, "पापा से मेरा सलाम बोलना।"

अब वह दुबारा ख़ाली हो गया। चाय की चुस्कियाँ लेते हुए सड़क पर बैठे रफ़ीक मियाँ को देखने लगा। वे खंभे की टेक लेकर बाँसुरी बजा रहे थे।

रफ़ीक़ मियाँ बाँसुरी बेचते थे। वे मैले-फटे कपड़े पहने अधपके बाल-दाढ़ी वाले अधेड़ आदमी थे। बाँसुरी बजाकर ग्राहकों को मुतअसर करते थे। बजाने में उनका आस-पास तक में कोई जवाब न था। वे बजाते तो कभी-कभी राह चलते पारखी लोग थक कर घंटों खड़े रहते।

रफ़ीक़ मियाँ के बारे में वह अक्सर सोचता है कि वे खाते-पीते कैसे हैं ? पूरे दिन में मुश्किल से चार-पाँच बाँसुरियाँ बिकती होंगी। कभी-कभी वे भी नहीं...

उसका दिमाग़ वहाँ से हट गया। एक डिग्री कॉलेज के प्रिंसिपल साहब आए थे, वे कॉलेज में खेल-कूद का ज़िम्मा भी अपने पर लिए थे। वे अब्बा के दोस्त थे और प्रायः बिना खेल-कूद का सामान लिए ख़ूब सारे सामानों का बिल बनवाते। उसने आठ सौ तैंतीस रुपए बयालीस पैसे का बिल बना दिया।

शाम रात में तब्दील होने वाली थी। मस्जिद से इशा की नमाज़ सुनाई दे रही थी। थोड़ी देर बाद अब्बा भी घूमते-टहलते आते होंगे।

वह चुस्त होकर काम करने लगा। वह इस कोशिश में भी था कि चेहरे पर रौनक और खुलापन आ जाये।

अब्बा को लेकर उसे बहुत शिक़ायत थी। वे उससे, दूसरे भाई लोगों से यहाँ तक कि अम्मी से भी मुहब्बत से बात नहीं करते। एक दफा उसने अम्मी से इसकी वजह पूछी थी। उन्होंने उदास होकर कहा था, "तुम्हारे अब्बा खुदायी नुमाइंदे हैं। उन्हें फ़ुर्सत कहाँ है ? उनका दीन तो नमाज़, कुरान पढ़ना और काफ़िरों के ख़ात्मे-ख़ातिर दौलत इकट्ठी करना है।"

उसका जी घबड़ाने लगा। फ़ाकिर अभी तक नहीं आया। अब्बा की ओर से हिदायत थी कि फ़ाकिर स्कूल से लौटकर दूकान पर बैठा करे। पर फ़ाकिर जी चुराता था। मुजाहिद ने अपने तकलीफ़ को सोच कर उसे छूट दे रखी थी कि वह घूमे-फिरे मगर अब्बा के आने के टाइम पर पहुँच जाये। अब्बा के आने का समय...

फ़ाकिर आता दिखा। उसको चैन मिला। वह गुनगुनाने लगा। तभी उसका ध्यान रफ़ीक़ मियाँ पर चला गया, जो ठिठुरा देने वाली ठंडक में खुले आसमान के नीचे पड़े थे। उसने सोचा, उन्हें भी चाय पिला दे मगर ऐसा कर न सका, क्योंकि

पहले वह रफ़ीक़ मियाँ को चाय पिला देता था। पर एक दिन अब्बा को मालुम हुआ तो डाँटा, ''इन्हें मुँह नहीं लगाना चाहिए। जिसके ऊपर खुदा रहम नहीं करता उस पर रहम करना ख़ुदा से ख़िलाफ़त करना है।''

उसके मन में आया कि उनसे पूछे, फिर क्यों खैरात बाँटने के लिए जलसा करते हो। भीख देने के लिए डिब्बा भर दो-दो पैसे के सिक्के दुकान में रखने को कहते हो।

उसने रफ़ीक़ मियाँ को उनकी हालत पर छोड़ दिया। अपने और फ़ाकिर के लिए चाय मँगायी। दोनों चाय पीने लगे।

सुबह का निकला मुजाहिद रात को दुकान बढ़ा कर घर पहुँचा। अब्बा मौजूद थे। तकिये के सहारे अधलेटे हुक़्क़ा गुड़गुड़ा रहे थे। उसने पूरे दिन की बिक्री की रकम सामने रख दी। उन्होंने चश्मे के भीतर से आँखें उठाकर रुपयों को देखा। थोड़ी देर बाद उठाकर अलमारी में रखा फिर लौट कर पैर झाड़ कर चारपाई पर बैठ गए। और हुक़्क़ा गुड़गुड़ाने लगे। मुजाहिद के लिए नौकर नाश्ता रख गया। वह अब्बा की मौजूदगी झेलते हुए नाश्ता करने लगा। उसे भूख लग जाती थी।

मीर साहब ने फटकारा, ''अहिस्ता-अहिस्ता खाइये। भागा नहीं जा रहा है। बदतमीज कहीं के।'' वे ऐनक पोंछ कर अख़बार पढ़ने लगे।

भीतर से कूकर की सीटी की आवाज़ आ रही थी।

वह भीतर जाने लगा तो अब्बा ने चश्मे के अंदर से घूर कर उसे रोक दिया, ''इंटीमेट के लिए कितने का आर्डर दिया गया ?''

''डेढ़ हज़ार का।''

''और आज मुझे कितना रुपया दिया आपने ?''

उसने मन ही मन कहा, ''गिना तो था आपने'', लेकिन बोला, ''चौबीस सौ ग्यारह।''

अब्बा ने चश्मा उतार कर उसे घूरा। फिर 'हुम' कहकर धीरे से चश्मा पहना और अख़बार सामने कर लिया।

अंदर आ कर उसने हाथ-पैर वग़ैरह धोया। तौलिये से मुँह पोंछते हुए अम्मी के कमरे में आया और उनकी चारपाई के पायताने बैठ गया।

अम्मी ने उसे प्यार से झिड़का कि वह आराम से क्यों नहीं बैठता। वह उदास दिख रही थीं। उनकी गऊ-सी आँखें फूली हुई थीं। आँखों के नीचे चमड़ी ख़ुश्क हो गई थी।

हर दिन की तरह आज भी घर में एक मनहूसियत-सी छाई हुई थी। अजीब लगता था, जैसे कोई बिना आवाज़ के सिसक रहा हो।

उसने अम्मी को पान थमा दिया। वह उनके लिए रोज़ बाज़ार से लजीज पान

लगवाकर लाता था। अम्मी पान की गिलोरी मुँह में डाल कर कहीं खो गयीं। उनकी आँखें कमरे की छत पर टिकी थीं।

इस बीच बड़ी भाभी दो बार कमरे में झाँक चुकी थीं। मुजाहिद को यह चीज़ बहुत चुभती थी। इस मकान को जाने किसकी बद्दुआ लगी थी, किसी को चैन नहीं था। सब एक दूसरे को शक़ और नफ़रत की निगाहों से देखते थे। दीवारें पुतती थीं। दरवाज़े मज़बूत किये जाते थे। पर जज्बात स्याह हो रहे थे। दिल और दिमाग़ अपाहिज हो रहे थे।

अम्मी ने भाँप लिया कि दुल्हन का इस तरह झाँकना उसे नागवार लगा। उन्होंने समझाया, ''बेटे, इसमें इसकी ग़लती नहीं है। दरअसल इस घर की बुनियाद ही ऐसी है जिस पर शक, नफ़रत, बेचैनी बदनीयती का ही फूल खिल सकता है।'' वह थोड़ी देर चुप रहीं फिर साँस छोड़ती हुई बोलीं, ''हाँ इस पर कभी ख़ूबसूरत फूल नहीं खिल सकता। कभी नहीं।''

माहौल काफ़ी गम्भीर हो गया। उसे लगा, अम्मी की तसल्ली के लिए कुछ कहना चाहिए। मगर उसे एक भी हरफ़ नहीं सूझ रहा था। वह असफलता को छिपाने के लिए चादर का कोना मरोड़ने लगा।

उन दोनों से सिर पर मच्छरों का एक जत्था आ कर मँडराने लगा। कूकर ने सीटी बजायी। छोटी भाभी ने वहीं से बताया कि खाना पक गया है। वह अब्बा को इत्तिला करने के लिए उठा। अम्मी ने कहा, ''अभी लौटकर ज़रा सुनना बेटे।''

वह लौट कर आया और सवालिया नज़रों से अम्मी को ताकने लगा। वह कुछ देर ख़ामोश रहीं, फिर फुसफुसाकर बोलीं, ''जरा बाहर देख, कोई खड़ा तो नहीं है।'' उसने बाहर झाँककर बताया, ''नहीं।'' वे पास खिसक आयीं, ''मुजाहिद कल अपने नाना को दुकान से कुछ रुपए दे आना ! और देखो, अब्बा से बचाकर जाना। वर्ना तेरे नाना और हम दोनों में से कोई ज़िंदा न बचेगा।'' वाक्य पूरा करते-करते उनके चेहरे पर ख़ौफ़ की पर्त जम गयी।

बाहर से आकर नौकर ने मुजाहिद से कहा, ''साहेब तुमको बुलाय रहे हैं।''

वह पहुँचा तो अब्बा हीटर से हाथ-पाँव सेंक रहे थे।

''कल की मजलिस की याद है ?''

''जी।''

''जाइए।'' वे पुनः एकाग्र होकर हीटर तापने लगे।

वह खा-पीकर सोने चला तो क़रीब बारह बजने वाले थे। पाँच कमरे एक क़तार में बने थे। पहला बड़ी भाभी का। दूसरा अम्मी का। तीसरा छोटी भाभी का।

चौथा मुजाहिद का और पाँचवाँ फ़ाक़िर का।

वह चारपाई पर लेटा, तब उसे दिन भर की थकान का अहसास हुआ। गोया उसकी नफ़्सें अब तक सो रही थीं।

अम्मी, फ़ाकिर, बड़ी भाभी के कमरों की बत्ती बुझी थी। उसने भी बुझा दी। लेटने को हुआ कि छोटी भाभी का रोना और चीख़ना सुनाई पड़ा। ताहिर भाई हर दिन की तरह आज भी शराब के नशे में धुत्त आए थे। भाभी को लात-घूँसे भयानक रूप से पड़ रहे थे। वे जितनी तेज़ आवाज़ में रोतीं, ताहिर भाई की गालियाँ उतनी तेज़ हो जातीं। नशे के सरूर में वे तस्करी की गोपनीय बातें भी बक देते थे।

वह इन सबसे अन्यमनस्क सोने की कोशिश करने लगा।

भाभी का रुदन धीरे-धीरे सिसकियों में बदल गया और उसकी भी पलकें भारी होती गयीं।

वह एक-डेढ़ घंटे ही सो सका होगा कि कालबेल की घनघनाहट ने नींद तोड़ दी। उसने खिड़की से देखा, बड़ी भाभी चप्पल घिसटाती हुई दरवाज़ा खोलने जा रही थीं।

छोटी भाभी के कमरे से अभी भी सिसकियाँ सुनाई पड़ रही थीं।

सुबह फजर की नमाज़ ने मुजाहिद की आँखें खोल दीं। रजाई से बाहर निकलने को मन न हो रहा था पर भीतर रहना मुमकिन न था। वह बाहर निकला। अम्मी के कमरे में अब्बा आदमक़द शीशे के सामने स्टूल पर बैठ कर दाढ़ी में चमचमाहट और मुलायमियत लाने के लिए कोई क्रीम लगा रहे थे। वह कुछ आलस्य, कुछ मौज में आकर ठहर गया। उन्होंने तेल की शीशी खोली। उसके नथुनों में तेज़ खुशबू समा गयी। तेल लगाने के बाद वे दाढ़ी व सिर के बालों में कंघी करने लगे। बाद में कंघा उल्टा कर कई बार बालों को दबाया। कपड़े पहनकर अपने ऊपर सेंट छिड़का। फिर सिर पर टोपी और पैरों में चप्पल डालकर खड़े होकर आइने में ख़ुद को निहारने लगे। देर होने लगी तो मुजाहिद आगे बढ़ गया था।

दिशा-मैदान से फारिग होकर वह बाहर लान में आया और एक किनारे कुर्सी डाल कर धूप खाने लगा। पास ही माली कैंची से घास को बराबर कर रहा।

दूर दीवार से सटा कर कुछ बेंचें रखी थीं, जिन पर खस्ताहाल लोग बैठे थे। मुजाहिद से थोड़े फ़ासले पर अब्बा दो लोगों के साथ धूप खा रहे थे। नाश्ता कर रहे थे। और बतिया रहे थे। वह दोनों को पहचानता था। एक एम.पी. रामजियावन पांडे थे। धोती-कुर्ता-सदरी पहने थे। सदरी की जेबें पेनों से ठसीं थीं और उँगलियाँ अँगूठियों से। कभी अब्बा उनके सामने झुक कर घिघियाने लगते और कभी वह अब्बा के सामने झुककर दाँत चियाँरते। दूसरा आदमी सेल्स टैक्स अफ़सर था।

नौकर चाय, नाश्ता और तिपाई एक साथ ले आये। मुजाहिद नाश्ता करने लगा। अंडे का हलुवा और शाही टुकड़ा पसंद आ रहा था।

पांडेजी अब्बा को सुना-सुना कर अफ़सर को लताड़ रहे थे। अफ़सर की घिग्घी बँध गई थी। अब्बा अकड़कर आँखें स्थिर किये हुए निर्विकार भाव से दाढ़ी पर हाथ फेरे जा रहे थे।

अंडे का हलुवा और शाही टुकड़ा समाप्त करने के बाद वह आमलेट पर जुट गया। साथ ही चाय भी सुड़क रहा था।

कुछ बकरियाँ लान में घुसने लगी थीं। अब्बा के चहेते कुत्ते टोनी ने भूँक कर भगा दिया।

उसने ख़स्ताहाल लोगों को देखा तो उसे अब्बा का दबदबा याद आने लगा। उसने घड़ी देखी, पौने नौ बज रहे थे वह उठ खड़ा हुआ। दुकान की चाभी लेने भीतर चला गया।

लौटने लगा तो अम्मी ने फुसफुसाकर कहा, "वो नाना वाली बात याद रखना।"

इतवार बंदी का दिन होता। मुजाहिद लखनऊ सामान लाने उसी दिन जाता। वहाँ माल ख़रीद कर बुक करा देता। पिछली बार का माल आया था। उन्हीं सामानों पर दाम चढ़ा रहा था। जब उसने पहली बार यह काम किया तो आँखें फैल गयी थीं, इतना मुनाफा। फिर अब्बा का व्यापार का तरीका ही दूसरा था। वे दाम ज़्यादा रखवाते और यह मशहूर कर रखा था कि सारे शहर के दुकानदार नक़ली माल बेचते हैं। उनके यहाँ पैसा ज़रूर ज़्यादा लगता है; मगर सामान सही मिलता है। जबकि मुजाहिद भी सामान और लोगों की तरह ही लाता था।

दाम लिखते-लिखते उसकी उँगलियाँ दर्द करने लगीं।..महीने का आख़िरी हफ़्ता था। 'मद्दी' का समय। 'चटकी' तो पहले हफ्ते में या लगन में होती है। लगन शुरू होने वाली थी। इसलिए उसे तकरीबन हर इतवार को लखनऊ सामान लाने जाना पड़ रहा था। अब्बा की सख़्त हिदायत थी कि जितना सामान ज़मा कर सको कर लो। लगन में मनमाना बिकेगा।

वह उँगलियाँ चटकाने लगा। कुछ मन भी उचाट हो गया। आजकल वह अक्सर घबड़ा उठता था। बात यह थी कि गाँव में ज़ायदाद ख़तरे में थी। वहाँ दो-ढाई सौ बीघे खेत थे। सब ठीक चल रहा था। मगर मज़दूर इन दिनों बाग़ी हो गए थे। उसी में कुछ झगड़ा-फ़साद भी एकाध बार हो गया था।

यों भी अब्बा करीब दो दर्जन मुक़दमे लड़ रहे थे। वे रोज़ ही कचहरी पहुँचते रहते। घर में भी फ़ाइलों से मगज़पच्ची करते रहते। मुक़दमेबाज़ी के कारण कई बार फ़ौजदारी भी हुई। उसका भी मुक़दमा बना।

वह अटैची पर दाम चढ़ा ही रहा था कि रफ़ीक मियाँ भी अपना अटखर- बटखर लेकर पहुँचे और सड़क की पटरी पर जम गए। लगे बाँसुरी बजाने।

वह चिढ़ गया। उसे रफ़ीक़ मियाँ से नफ़रत सी होने लगी। इस बात को वह समझ नहीं पाया कि क्यों उसे नफ़रत हो रही है।

तभी रफ़ीक़ मियाँ उसकी घृणा से बेख़बर एक आदमी लेकर उसके पास आए और बोले, ''अरे शाहज़ादे, इसका भी काम करा दो।'' वह छोटे क़द का काला-काला मरियल-सा आदमी था। उसकी तीन बीघे ज़मीन पर अब्बा ने अपना दावा ठोंक किया था। मुक़दमा चल रहा था।

रफ़ीक़ मिया को लगा, मुजाहिद ने उनकी बात सुनी नहीं, उन्होंने दुबारा सिफ़ारिश की।

वह अब्बा के मामलों में अपनी औक़ात जानता था फिर भी उसने रफ़ीक़ मियाँ पर रोब झाड़ लेना बुरा नहीं समझा, ''चल हट यहाँ से। अभी 'गल्ला' भी न खुला और आ गया मनहूस चेहरा लेकर।'' वह भुनभुनाने लगा, ''एक से एक फटीचर चले आते हैं साले।''

रफ़ीक़ मियाँ बड़ी उम्मीद लेकर पैरवी करने आए थे किंतु दोस्त के सामने ही बेइज़्ज़ती ने उन्हें हिलाकर रख दिया। वे बदहवास से, कुछ डरे दिल से अपनी 'दुकान' की तरफ़ बढ़ गए।

उसने दाम चढ़ाना ख़त्म किया। अगरबत्तियाँ सुलगायीं और तीन-चार शीशों में मढ़ी कुरान की आयातों में खोंस दीं। बीरू चाय वाले को स्पेशल का आर्डर दिया और ग्राहकों में रम गया। ग्राहक आने शुरू हो गए थे।

वह तेज़-तेज़ घर की ओर चलने लगा। घर पर आज मजलिस थी। वह साधारण मजलिस न थी। इसकी अहमियत थी। तकरीर करने के लिए जोगीपुरा से इमाम आए थे। और यहाँ शहर के सभी नामी-गिरामी लोग इकट्ठा होने वाले थे।

घर अभी दो फ़र्लांग था। अँधेरा शुरू हो गया। एक अजीब बात थी कि उसके शानदार मकान के इर्द-गिर्द टूटे-फूटे खपरैल या झोपड़े थे। जैसे बरगद के विशाल दरख़्त के नीचे कोई पौधा नहीं पनपता। जहाँ उसका मकान चमचमाता रहता था। वहीं आस-पास के घर कोढ़ी जैसे लगते थे।

वह पत्थरों पर पैर रख कर चलने लगा। नालियों का पानी बहकर रास्ते में आ गया था। अब्बा ने इस जहमत से बचने के लिए थोड़ी-थोड़ी दूरी पर चौड़े-चौड़े पत्थर रखवा दिए थे।

मकान को देखकर उसकी तबीयत ख़ुश हो गयी। छत से लेकर फ़र्श तक सभी दीवारों को लाल-पीली झालरों से सजाया गया था। इमामबाड़ा खोल दिया गया

था। भीनी-भीनी महक आ रही थी। अंदर सेहरा पहने पंजों से ख़ूबसूरती में चार चाँद लग गए थे। मिंबर ऐसा था कि देखने वाले की नज़रें अनायास उस पर पड़ जातीं। वह अंदर जाने वाला था कि नाना की दुकान के बग़ल वाली मस्जिद के मौलवी साहब लपककर आये। वे जुबान में शहद घोल कर बोले, "ज़रा अपनी बड़ी भाभी को मेरे आने की ख़बर कर देना।" कहने के बाद उनके हाथों में पड़ी पुड़िया कस उठी। वह घुट कर रह गया। वह जानता था कि बड़ी भाभी ने यह पुड़िया क्यों मँगायी। उनका कोई माशूक होगा जो उनके मुरझाये चेहरे से मुतअसर न होता होगा। उसी को फँकाकर वश में करने के लिए उन्होंने मौलवी साहब से नज़र की हुई चीनी मंगायी होगी।

मुजाहिद उफ़न रहा था। कुछ तो दुकानदारी तेज़ न होने की कचोट थी और कुछ अम्मी की तकलीफ़ का दुःख। अम्मी नामालुम क्यों हमेशा बुझी-बुझी रहतीं। उनमें जैसे दर्द का कोई समंदर घुमड़ता रहता हो। वे बाज वक़्त आँखों पर बाँहें डाले घंटों पड़ी रहतीं।

रफ़ीक़ मियाँ बाँसुरी बजाने में तल्लीन थे। आँखें झपकाते हुए बजाए चले जा रहे थे। उनके आस-पास काफ़ी मजमा इकट्ठा हो गया था।

मजमे को देख-देख वह और उफ़नता। हालाँकि वह भली-भाँति जानता था कि इनमें से एक भी बाँसुरी ख़रीदेगा नहीं। फिर भी उसे रफ़ीक़ मियाँ से डाह हो रही थी।

रफ़ीक़ मियाँ का लड़का खाना लेकर आया। उन्होंने बाँसुरी बजाना बंद कर दिया। लोग छँटने लगे। रफ़ीक़ मियाँ ने हाथ-मुँह धोया। फिर खंभे की ओट करके खाना खाने लगे। वे धीरे-धीरे खा रहे थे। लड़का प्याज छील रहा था...।

मुजाहिद ने राहत की साँस ली। जैसे दुश्मन ने कनपटी से पिस्तौल हटा ली हो। उसने फ़ाकिर से कहा कि घूमना चाहे तो घूम आये। फ़ाकिर ख़ुश होकर बाहर निकल गया। वह उसे ओझल होने तक देखता रहा।

लड़का प्याज धो कर देने लगा तो मुस्कराते हुए जाने क्या भुनभुनाया कि रफ़ीक़ मियाँ 'हरामी अब बता रहा है।' चिल्लाते हुए फ़ुर्ती से उठे। हड़बड़ाहट में खाने की थाली उनके पैरों से लगी। ज़ोरों की झनझनाहट हुई, भात और बैंगन का चोखा छितरा गया। वे बेहोश से भागे-भागे मुजाहिद के पास आये। उनका चेहरा फ़क और होंठ सफेद पड़ गए थे। वे ख़ौफ़ज़दा थे उन्होंने पल भर में सब कह डाला। यह भी बताया कि उसके अब्बा को मार डालने के बाद वे लोग अब उसके पास आ रहे हैं।

उसने बिजली-सी रफ़्तार से सामान भीतर कर डाला, एक तौलिया लेने के

बाद लपटकर शटर गिराया और ताले बंद किये। तौलिया से आनन-फानन में सिर और मुँह लपेटा, कोट का कालर खड़ा किया। लुकते-छिपते गलियाँ पार करने लगा।

मारने वालों ने तो अपनी तरफ़ से मार ही डाला था लेकिन वे बच गए थे। बाहर लान में ही वे चारपाई पर लिटाये गए थे। पहली बार घर की जनाना लोगों ने पर्दा तोड़ा था।

ऐसा लगता था कि लोगों ने पहले लात-घूँसों और जूतों से मारा था फिर चाक़ू से वार किया था। पाँच बार चाक़ू से वार किया गया था। ख़ून से भीगे हुए थे मीर साहब। बीच-बीच में हिला देने वाली आवाज़ में चिल्ला उठते थे।

वे गाँव गए थे। वहीं अपने खेत में काम करने वाले मज़दूरों को किसी बात पर पीटना शुरू कर दिया था। मज़दूरों ने भी रोष में कुछ गाली-गलौज किया। इसी बात पर उनका ग़ुस्सा बेक़ाबू हो गया। उन्होंने एक बूढ़े मज़दूर के पेट में अपनी चमकती गुप्ती भोंक दी। बस यहीं से क़यामत शुरू हो गयी। शायद मीर साहब को यह इलहाम न था कि मज़दूर इस कदर हमलावर हो जायेंगे।

पके बाल वाले डॉक्टर ने अन्य दो डॉक्टरों से मशविरा करके कोई दवा मीर साहब को पिलायी। उनका कराहना धीमा होने लगा।

शहर की हस्तियों का आना-जाना शुरू हो गया था। क्या शिया, क्या सुन्नी और क्या हिंदू–सभी इज़्ज़तदार और ओहदेदार लोग भागते चले आ रहे थे। लम्हा भर में कारों, स्कूटरों की लम्बी क़तार लग गयी।

मीर साहब ने धीरे से गरदन हिलायी। उन्होंने इशारा किया, जनाना लोग भीतर चली जाएँ।

लान खचाखच भरा था। हरी-हरी घासें बड़ी बेरहमी से कुचली जा रही थीं। लोग अलग-अलग टुकड़ों में बँट गए थे। धीरे-धीरे बातचीत भी होने लगी थी। मीर साहब के लड़कों में भयावह बेचैनी घुमड़ रही थी।

मीर साहब ज़ोर से चिंघाड़े, फिर दर्द से छटपटाने लगे। उनकी आँखों में मौत की दहशत और तकलीफ़ का बियावान दिख रहा था।

डॉक्टरों ने मीर साहब का दुबारा मुआइना किया। वे हताश दिखाई पड़े। हिचकते हुए उन्होंने लड़कों से कहा, "इन्हें लखनऊ ले जाना पड़ेगा।"

ज़ाहिद के मुँह से बेसाख़्ता निकला, "पर पुलिस की कारवायी तो अभी.... ।"

एम.पी.रामजियावन बीच में ही तपाक से बोल पड़े। "वो मैं देख लूँगा।"

फ़ाकिर अभी छोटा था। उसका अब्बा को ले जाने का सवाल नहीं उठता था। बाक़ी

तीनों भाई मुँह चुराने लगे। सभी के मन में था, जाना ख़तरे से ख़ाली नहीं, अब्बा रास्ते में ही मर जाएँ और इधर घर में क़ीमती सामान दूसरे भाई, अम्मी लोग हड़प लें। मुजाहिद के मन में एक बार आया कि वही अब्बा को लेकर लखनऊ चले। वह उनकी औलाद है। मगर हक़ीक़त ने उसके इस इरादे को मंसूख कर दिया। उसने दूसरे भाइयों के बारे में सोचा तो पाया कि उसका अब्बा के साथ जाना ठीक नहीं। उसने मन ही मन कहा, "इन लोगों की कम-अज-कम बीवी लोग यहाँ रहेंगी। मेरे लिए कौन होगा ?"

उसने दृढ़ता के साथ तय किया, वह नहीं जायेगा। किसी भी सूरत में नहीं जायेगा।

यह निश्चय करने के बाद वह बचने के लिए अंदर चला आया।

भीतर आँगन में बैठी हुई अम्मी एकटक आसमान ताक रही थीं। दोनों भाभी किसी चीज़ के इंतज़ार में मुस्तैदी से व्यग्र थीं।

बच्चा कैसे बढ़ेगा ?

वह प्रथम श्रेणी में पास हुआ। पूरे ज़िले में उसका दूसरा स्थान था। वह लोगों के स्नेह और ईर्ष्या के बीच घिर गया। जगह-जगह उसकी चर्चा होने लगी। बाक़ी लड़कों के लिए यह संकट की घड़ी थी। उनके माँ-बाप ने कोसना शुरू कर दिया कि वे किसी काम के नहीं। एक लड़का बजरंगबली है कि ग़रीबी में रहकर इतने अच्छे नंबर ले आया है...दूसरे वे हैं जो चिन्ता-फ़िक्र से दूर रहते हुए भी नाक कटा लिये हैं।

माँ-बाप की फटकारों के बावजूद ज़्यादातर लड़कों को उससे चिढ़ या नफ़रत न हुई, बल्कि उन्होंने जलसा करके उसका सम्मान किया। मोटी-पतली मालाओं से वह लाद दिया गया। दरअसल, वह था ही ऐसा कि सब उसको प्यार करते। कालेज में किसी लड़के को चोट लगी तो पता चलता, बजरंगबली मदद के लिए पहुँचा हुआ है। ख़ाली पीरियड में वह किसी लड़के को सवाल समझाता मिलता। एक बार वाद-विवाद प्रतियोगिता में उसने इतना अच्छा भाषण किया कि लड़के क्या मास्टर तक दंग रह गए। खेलने-कूदने में वह बहुत अच्छा न था। बस, तन्दुरुस्ती का ख़्याल कर फुटबाल खेल लेता था।

जलसे वाले दिन जलसे के बाद भी लड़के उससे अलग न हुए। वे उसके साथ घर पहुँचे। उस समय उसके बाबू मटरू प्रसाद पूजा कर रहे थे। बाहर एक पुराना तख़्त रखा था। लोग उसी पर बैठ गए। कुछ को जगह नहीं मिली। उन्होंने उसका गमछा छीनकर ज़मीन पर बिछा लिया। भीतर से अम्मा चबेना और गुड़ दे गईं। खाते हुए सब उसकी किसी बात का चटखारा लेकर हँसी-मज़ाक़ करने लगे।

हँसी-ठट्ठा चल ही रहा था कि पूजा ख़त्म करके आते मटरू प्रसाद की खड़ाऊँ की खट-खट सुनाई दी। वे आए तो जैसे क्लास में मास्टर आ गया हो। सब लड़के खड़े हो गए।

मटरू प्रसाद ने बैठने के लिए कहा। फिर ख़ुद भी बैठ गए। उनके चेहरे पर

अजीब तरह का विषाद था कि लड़के कुछ कहने की हिम्मत नहीं जुटा पा रहे थे। दोनों तरफ़ कहने को शब्द नहीं मिले रहे थे। कुछ समय गहरी ख़ामोशी छाई रही। केवल बग़ल की मुँडेर पर बैठा कौवा काँव-काँव चिल्ला रहा था। आख़िर एक ने साहस किया, "चाचा, आप बजरंगबली को आगे पढ़ाइए।"

अब दूसरों का संकोच भी मिट गया। सभी ने उसे आगे पढ़ाने के लिए उन पर चिरौरी से लेकर किरिया-कसम तक के दबाव डाले।

मटरू प्रसाद के दिल को जैसे कोई मथ रहा था। उनके भीतर निरीहता गाढ़ी होने लगी। आत्मा और दिमाग़ को गोया बुरी तरह झिंझोड़ा जा रहा हो। वे कातर होकर हाथ मलने लगे। गले में कुछ फँस रहा था। किसी तरह अपने को बोलने के लिए तैयार कर पाए, "देखो लड़को, हमारी भी मंशा है कि बजरंगबली पढ़-लिखकर कलक्टर बने। औकात भर किया भी...मुदा आगे हिंया इस्कूल नहीं है और परदेस की पढ़ाई हमरे बस की नहीं। हौसला तो है पर कूव्वत..."

लड़कों ने देखा, यह सब कहते हुए उनके हाथ-पाँव थरथरा रहे थे। इसलिए वे कुछ कहना चाहते हुए भी चुप रह गए। एक असह्य सुनसान वहाँ तैरने लगा।

मटरू प्रसाद ने इसे महसूस किया और भीतर चले गए। लौटे तो लालटेन लेकर आए। ओसारे में मटमैला उजियारा फैल गया।

रात को बजरंगबली सो गया तो मटरू प्रसाद ने पत्नी को पुकारा, "सो गई हो ?" वह उनींदी ही थीं। जाग गईं, "नहीं तो।"

वे पत्नी के पास आ गए और बजरंगबली के बारे में बातें करन लगे। बातें शुरू हुईं तो फैल भी गईं। तकलीफ़ों, माँ-बाप, खेती-बारी आदि अनेक पक्षों पर बातें होने लगीं। बजरंगबली गहरी नींद में था।

वे बातें कर रहे थे। पत्नी सुन रही थीं। जब वे चुप हो जाते तो वह बोलने लगतीं।

इस तरह मशगूल हो गए कि समय का ज्ञान ही न रहा। वे चौंके, जब मुर्गे ने बाँग दी। पत्नी ने जमुहाई लेते हुए कहा, "सबेरा हो गया।"

तय हुआ, कौन दस-बीस लड़के हैं। अकेला यही है। दो बीघे खेत में आधा बीघा बेच देंगे।

रायबरेली तक वह लारी से आया। आधी दूर की सड़क कच्ची थी। कड़वे तेल में सने उसके छोटे-छोटे बाल गर्द से पट गए। मुँह और कपड़ों पर भी धूल की पर्त जमी थी। बदन दर्द कर रहा था। यह शायद रास्ते के गड्ढों की वजह से हुआ, जहाँ बस बुरी तरह हिचकोले खाती थी। इसके बाद गाड़ी का सफ़र शुरू हुआ। गाड़ी चलते ही उसने प्रतिज्ञा की, लखनऊ में वह पढ़ाई के अलावा कहीं ध्यान न लगाएगा। ख़ुराफात से सदैव नफ़रत करेगा। वह सुन चुका था, शहर में एक से एक फ़ैशन

वाली लड़कियाँ होती हैं, जो सीधे-सादे लड़कों को फँसा लेती हैं। उसने मन में भगवान की क़सम खाई कि वह किसी लड़की को अपने करीब फटकने न देगा।

डिब्बे में लोग बहस करते-करते क्रोध में आ गए। उसका ध्यान उनकी तरफ़ बढ़ गया। डिब्बे में दो पार्टियाँ बन गई थीं। एक देशभक्ति की बात कर रही थी, दूसरी जिसमें नौजवान थे, का कहना था कि देश उन्हें कौन-सा अमृत पिला दे रहा है, जो वे उसे प्यार करें। वह उन्हें सता रहा है, वे भी उसकी बोटी-बोटी काट डालेंगे...

बजरंगबला को अपने देश से बड़ा प्रेम था। शुरू से ही उसे किताबों की पूर्वजों वाली कथाओं ने बहुत प्रभावित किया था। वह उन्हीं की तरह महान् बनना चाहता था। उसने भी बहस में हिस्सा लिया, "देखो भाई, हमारे भीतर पूर्वजों का साहसी रक्त बह रहा है। हमारा दायित्व है कि अवसर आने पर अपने को देश के लिए बलिदान कर दें। जिस देश की धरती पर आप साँस लेते हैं, उसी को गाली देना शर्म की बात है।" पहली पार्टी ने हाँ में हाँ मिलाई। दूसरी पार्टी को चुप होना पड़ा।

हॉस्टल तक वह पैदल आया, क्योंकि रिक्शा का रेट सुनकर उसे चक्कर आने लगा था। रस्सी से बँधा मैला बिस्तर पीठ पर लादकर झोला-गठरी हाथ में लटकाए वह हॉस्टल में घुसा तो तमाम निगाहें उस पर अटक गईं। वह नया कमीज़-पाजामा पहने था। पाजामे की अभी मुहर भी नहीं छूटी थी। पूरा चेहरा पसीने से भीगा था। बालों से तेल चू कर कनपटी तक आ गया था।

तब से दो महीने बीत गए और दो ही महीने में वह मायूस हो गया। यहाँ तक कि रूम-पार्टनर का बरताव भी उसके साथ भला न था। रूम-पार्टनर सोलह इंच की मोहरी और जीरो पावर का चश्मा पहनने वाला अफ़सर का लड़का था। वह प्रायः उसे देखकर फिस्स-से हँस देता। यह हँसी उसके दिल को छील देती। ऐसा शुरू से हो रहा था। यहाँ तक कि क्लास में भी हुआ था...

अध्यापक सबका परिचय पूछ रहे थे। क्रम से लड़के बताते जा रहे थे। उसकी भी बारी आई, "मेरी नाम बजरंगबली..."

लगभग पूरी क्लास हँसी से फट पड़ी। अध्यापक भी हँस रहे थे। किसी ने गर्दन उचकाकर ज़ोर से कहा, "अब इनको लड्डू चढ़ाओ।"

उसका मुँह लाल हो गया। टखने काँपने लगे।

अब उसकी अजीब दशा हो गई थी। कोई हँसता होता तो उसे लगता, उसी पर हँस रहा है। वह महसूस करता, लोग उस पर व्यंग्य कर रहे हैं। रह-रहकर वह चिहुँक उठता। किसी को बातें करता देख कान फैलाकर सुनने लगता।

...लॉन में बराबर कटी हरी-हरी घास बिछी थी। चारों ओर अशोक, यूक्लिप्टस आदि के पेड़ थे। दायीं तरफ़ के गेट पर कुछ लड़के चना टूँग रहे थे। शाम हो गई थी। लड़के घूमने के लिए निकल रहे थे। कुछ तैयारी में थे। वह लॉन में बैठा अपनी

तक़दीर को कोस रहा था।

वह अकेला था। अकेलापन उसे बेहद तकलीफ़ देता। वह चाहता था, कोई हो, जिससे वह बोल सके, पर कोई उससे दोस्ती करने को तैयार न था।

लेकिन वह किसी को दोष न देता। ख़ुद को ही बुरा समझता। वह यह मानता था, उसे बोलने की तमीज़ नहीं है। उठने-बैठने, खाँसने, हँसने जैसी छोटी-छोटी चीज़ों के भी तौर-तरीके नहीं जानता। शुरू-शुरू में तो फ्लश लैट्रिन ही देखकर गड़बड़ा गया था। उसने पहली बार पार्टनर को हीटर जलाते देखा तो हीटर उसे अचंभे का सामान लगा। उसी के पास सूखा दूध देखा। वैसे सुना ज़रूर था कि सूखे के दौरान क़स्बे में बँटने आया था, जिसे तहसीलदार साहब ने बेच दिया था। वह फ़ौव्वरा चलाना नहीं जानता। नयी-नयी चीज़ों को बौड़म की तरह देखता है। गँवार है।

यों साथी के नाम पर उसे कई ऐसे लड़के मिल सकते थे, जो उसी जैसे रहन-सहन के थे, पर उसकी उनसे संबंध बनाने की ख़्वाहिश न होती। ऐसा नहीं कि वह उनसे घृणा करता था। उनके लिए उसके मन में मुहब्बत थी। लेकिन वह सभ्य बनना चाहता था। उसे नयी-नयी जानकारियाँ हासिल करने की हसरत थी जो उसके मुताबिक बड़े घर के लड़कों से ही पूरी हो सकती थी।

लॉन में बच्चे सफ़ेद-झक शर्ट-निकर पहने हुए खेलने आ गए थे। वे फ़ुर्ती से गेंद के पीछे-पीछे दौड़ने लगे। उसे उठ जाना पड़ा।

भीतर आकर कमरा खोला। गठरी का चना फ़र्श पर छिटा पड़ा था। गठरी शायद पार्टनर ने फेंकी थी। जल्दी में उसने रैक पर रखने की भूल कर दी थी। वह चना बटोरने लगा। वह दुखी हो गया था, क्योंकि पंचमी के बाद लौटते समय बाबू ने यह गठरी बड़े प्रेम से बाँधी थी...जिसकी यह दुर्दशा...

बाबू की बात उभरने से वह और दुखी हो उठा। पंचमी में जब घर गया था तो देखा था कि उनकी और अम्मा की दोनों की हड्डियाँ उभर आई थीं। उसने अम्मा से पूछा, "तुम सब सींक ऐसे काहे हो गए ?"

"तू ख़ुद दुबराय के काँटा हो गया है...हाँड़-हाँड़ दिखाई पड़ता है।"

दोनों एक-दूसरे से मुँह चुराने लगे थे।

उसने इन ख़्यालों को झटक देना चाहा, पर दिमाग़ में इनका घुमड़ना बंद न हुआ। मन दूसरी ओर लगाने के लिए पार्टनर की एक पत्रिका पढ़ने लगा। बग़ल के कमरे वाले लड़के को कुछ साथी चाय पिलाने के लिए खींच ले जा रहे थे। वह ठुनकता हुआ कह रहा था, "बाँह तो छोड़ो उल्लू की औलादो !"

बाथरूम में कोई लड़का नहाते हुए ज़ोर-ज़ोर से फ़िल्मी गीत गा रहा था।

यूनिवर्सिटी उसकी कल्पना से उलटी निकली। उसे उम्मीद थी कि यहाँ के अध्यापक

बहुत विद्वान होंगे। अपने विषय का पूरा ज्ञान होगा। लड़के भी एक से एक बुद्धिमान मिलेंगे, पर यहाँ ज़्यादातर अध्यापक उसे भाए नहीं। कुछ तो ऐसे थे जिनसे अधिक वह स्वयं जानता था। बहुतेरे लड़के सवाल पूछे जाने पर बगलें झाँकने लगते। मगर अजीब बात थी, वह उनसे भी भयभीत रहता। हमेशा अलग-थलग कोने में दुबका रहने की कोशिश करता।

शिक्षा के समुद्र की जगह उसने यहाँ गोलियाँ और बम दगते देखे। मार-पीट, गाली-गलौज से माहौल मनसाइन रहता। लड़कियों से भी वह नाउम्मीद हुआ। उन्होंने उस पर डोरे नहीं डाले। फँसाने की कोई कोशिश न की। यहाँ तक कि देखती ही नहीं। कभी-कभार एकाध देख भी लेती तो जैसे ईंट, पत्थर, कुर्सी, काग़ज़, बकरी वगैरह कुछ देख रही हों...महज देख रही हों।

उसे सभ्य बनने का अटूट लालच था। जिसके तहत उसने सोचा, पुरानी चाल को छोड़कर नए फ़ैशन में रचा-बसा जाए। सबसे पहले चुर्की कटाकर बाल बढ़ाना शुरू किया। एक सस्ता धूप का चश्मा ख़रीदा, जिसे लगाकार अरमान से शीशे में देखा पर उदास हो गया। चेहरे पर सभ्य होने का निशान तक न था। कमीज़ का चिमड़ा कॉलर पानी भरी गगरी में हड्डी की तरह दिख रहा था। उसे लगा, बिना पैंट-बुशर्ट पहने सभ्य नहीं हुआ जा सकता। वह भी टेरीकॉट का।

पैंट-शर्ट पाना उसके लिए मुश्किल था। फिर भी काफ़ी मशक्कत के बाद उसने एक तरीका खोजा। मेस में खाना बंद कर ख़ुद बनाएगा। चावल और दाल नहीं खाएगा। रोटी आलू के भरोसे, पैंट-शर्ट बनवाने की तैयारी की।

पहली ही रात पार्टनर चूल्हा, तसला सब फेंकने लगा था, "दिमाग़ ख़राब हो गया है ? यह हॉस्टल है, बावर्चीख़ाना नहीं। कहे देता हूँ....रहना है तो क़ायदे से रह, नहीं दफ़ा हो जा...!" पार्टनर की आँखें जल रही थीं।

वह घबराहट और शर्मिन्दगी में सिर झुकाकर खड़ा रहा। उसे हतक-सी हो रही थी। चेहरे का रंग उड़ा-उड़ा-सा था।

कुछ देर बाद वह बाहर निकल गया। उसके भीतर कोई चीज़ घुमड़ रही थी। दरअसल, यकायक उसके सामने यह सच्चाई उजागर हो गई थी कि अगर पार्टनर इस तरह गुस्सा न होता और वह पैंट-शर्ट, बनवा लेता तब भी क्या मनचाहे लोगों का साथ पा लेता। उसने सोचा, जहाँ लोग रोज़ कपड़े बदलकर आते हैं, वहाँ एक जोड़ी कपड़ा उसकी कितनी मदद करता ? फिर कुछ दिन बाद जाड़ा आने वाला है। उसके पास खादी भण्डार का स्वेटर है। तब यह मोटा-बदरंग स्वेटर उसकी दरिद्रता का सबूत बन जाएगा...और कोट-पैंट बन जाए तो किसी को नाश्ता कराने के लिए रुपया कहाँ से लाएगा ? पिक्चर देखने-दिखाने ख़ातिर रुपया कौन देगा ?

पता नहीं अम्मा-बाबू का क्या हाल है...उसे घर की याद सता रही थी...वह उन्हीं

में डूब गया। उन लोगों के बारे में सोचने लगा। आँख खुली तो दोपहर बीत चली थी। चार बजे थे। पार्टनर फुल स्पीड में रेडियो खोलकर गाना सुन रहा था। उठकर हाथ-मुँह धोया। डिब्बे से गुड़ निकालकर खाया। पानी पिया। तबीयत ताज़ा हो चली। उसका मन हुआ, शहर में थोड़ा-बहुत घूमा जाए। कुछ दुनिया-जहान का ज्ञान तो हो।

उसने पार्टनर से पूछा, "भाई साहब, घूमने चलेंगे ?"

वह उसकी ओर दया से देखकर हँसने लगा।

उसने बदन पर कमीज़ डालकर जूता-मोज़ा पहना और अकेले ही निकल पड़ा। इस समय वह मगन था। उत्साह की भावना से भरा-पूरा।

...डाट का पुल आ गया। वहाँ दीवारों पर फ़िल्मों के ढेरों पोस्टर चिपके थे। वह रुककर देखने लगा। हालाँकि उसने अभी तक एक भी फ़िल्म नहीं देखी थी, पर फ़िल्म की बुराई करने वालों को वह बेवक़ूफ़ मानता था। वह समझता कि बुराई तो सभी चीज़ों में है, बुद्धिमानी की बात यह कि अच्छाई ले लो और बुराई छोड़ दो। उसका कहना था कि आदमी को सूप बनना चाहिए, सूप। किनका फटक दें और दाना रख लें।

भीड़-भाड़ की जगह भी वह लालसा से पोस्टर देखता हुआ बढ़ा जा रहा था। तभी रिक्शा से टकरा गया। हल्की चोट लगी। उसने ख़ैर मनाई कि रिक्शा ही था, मोटर-गाड़ी नहीं थी, वरना तो...! वह दहशत से भर गया और उसे अम्मा-बाबू की याद सताने लगी। हाथ-पाँव आगे बढ़ने से जवाब दे गए। किनारे आकर बैठ गया। वह उलटी गिनती गिनने लगा ताकि दिल की धक-धक-धक कम हो जाए...!

होश दुरुस्त होने पर उसने अपने को जिस दुकान के बगल में पाया, वह 'पॉपकार्न' की दुकान थी। वह मुस्कराया, इसी को उसके यहाँ 'जोन्हरी का लावा' कहते हैं। उसने दाम पूछा। 'डेढ़ रुपया' सुनकर आगे बढ़ गया।

तीन चौराहे बाद हज़रतगंज था। बायीं तरफ़ के मंदिर के सामने सिर झुकाकर प्रणाम करने लगा।

हज़रतगंज रोशनी से नहा रहा था। सामानों से भरी दुकानें बन-ठनकर सँवरी थीं। गोल चौराहे पर फ़ौव्वारा लगा था। देखने लगा, पर जल्दी ही ध्यान हट गया। नथुनों में बड़ी अच्छी महक घुसी। वह हैरान हो गया। यहाँ न फूल न अगरबत्ती। ख़ाली एक सरदारजी अपने मेहरारू के साथ गुज़रे...फिर यह महक कहाँ से ?...इस बीच उसके सामने कई कारें, स्कूटर और सजे-सँवरे आदमी-औरत निकल गए। वह अपने को लाचार पाने लगा।

फिर महक...पहले से तेज़ महक ! उसने देखा, पाँच-छह लड़कियाँ बगल से निकल गईं। उसे एक किताब की बात याद आई, जिसमें अमीर
लोग कपड़ों में इत्र लगाते थे। उसे लगा, हो न हो, यह ख़ुशबू लड़कियों से आई

है। वह जल्दी डग बढ़ाकर उनके करीब पहुँच गया और ज़ोर-ज़ोर से साँस खींचने लगा...और उसकी नज़रें उनमें से अपनी क़द काठी की एक लड़की पर जा टिकी, जिसके घुँघराले वालों के नीचे गोरी गर्दन और बाद का थोड़ा हिस्सा दिख रहा था। पीठ कपड़े के भीतर झलक रही थी। बस, कुछ हिस्सा सफ़ेद पट्टी से ढंका था। उसने आँखें बंद कर लीं। फिर खोल दीं...भीष्म पितामह और हनुमान स्वामी का स्मरण करने लगा। पर दिल क़ाबू के बाहर हो गया। उसने लड़की को सामने से देखने के लिए अपनी चाल तेज़ कर दी।

उस पर बिजली-सी गिर पड़ी। साँसें तेज़ हो गईं और अहसास हुआ कि गिर जाएगा या उड़ जाएगा। लड़की की दूधिया, चिकनी बाँहें, सुडौल और एकदम नंगी थीं। उसने हनुमान स्वामी का नाम भजकर आँखें फेर लीं, लेकिन वे मुड़कर फिर अपनी जगह आ गईं। उसका मन चाहने लगा...उन बाँहों को पकड़कर झूला झूले या अपनी उँगली रोशनाई में भिगोकर कुछ उन पर लिखे। क्या लिखे !...वह तय करने लगा। कुछ सूझ नहीं रहा था।

लड़कियाँ एक मकान में घुस गईं। उसने बोर्ड पढ़ा, रेस्तराँ था। हालाँकि दीवारों के स्थान पर शीशे थे, मगर भीतर कुछ दिख नहीं रहा था। कोई आवाज़ भी नहीं आ रही थी। दरवाज़े पर दरबान था। उसकी धुली-सफ़ेद वर्दी देखकर उसने उसे रेस्तराँ का मालिक समझा और भाग खड़ा हुआ।

सीधे जाकर एक चाट की दुकान पर रुका। लड़कियों को खोकर वह बदहवास-सा चाट पर टूट पड़ा। ताबड़तोड़ छह फुलकी, चार टिकिया और तीन दही-बड़े खा डाले।

"छह रुपए पच्चीस पैसे।" दुकानदार ने दाम बताया।

"आँय !" उसकी आँखें फैल गईं, "यह मेरी चाट का दाम जोड़ा है ?" वह रुआँसा हो गया, "चार टिक्की, छह फुलकी और तीन दही बड़े।"

माँ के पत्र ने उसे बेचैन कर दिया था। पत्र दोपहर में आया था। अब रात हो गई। फिर भी वह बेचैन था—दुखी था। अम्मा ने लिखा था, बेटवा बजरंगबली को

हमरा आसिरबाद पहुँचे।

बेटवा मैं हमेसा तुम्हारी राजी-खुसी रामजी से मनाया करती हूँ। यहाँ भी सब कुसल है। बाकी समाचार ये है कि हमरे लोगों को तुम्हारी याद हर बखत आया करती है। एक फेरा चले आओ। बहुत मन लगा है। तुम्हार बाबू दिक्क हैं। बुखार के अलावा बहुत कस के खाँसी आती है। हमेशा खोंय-खोंय करते हैं। सूख के काँटा होय गए हैं। हमरे आँख से अब सुझाता कम है। गाँठ का दरद बढ़ गया है। बाक़ी कौनो चिंता-फिकिर की बात नहीं है। भगवान की किरपा से सब ठीक है। भगवान तुमका मजे में रखें, बस यही बिनती है।

तुम्हारी अम्मा

रात का एक बजा था। वह कुर्सी पर बैठा पढ़ रहा था, लेकिन बहुत उद्विग्न था।

परेशान होकर खड़ा हो गया। बाहर बरामदे में आया। बरामदे से आसमान दिख रहा था। काली रात थी। घटाटोप अँधेरा मँडरा रहा था। उसे सर्दी महसूस हुई।

भीतर आकर उसने दरवाजा बंद किया। हथेलियाँ रगड़ते हुए कुर्सी के पास आया। थोड़ी देर न जाने क्या सोचता रहा...और फिर बैठकर पढ़ने लगा।

हनीमून

"हनीमून जिंदगी में उल्लास का राग होता है। नवदंपति एक दूसरे को अच्छी तरह समझ लेते हैं और उनके प्यार की डोर मजबूत होती है।" सविता मुझसे कहती। दरअसल वह शादी के पहले से हनीमून की भूमिका बनाने लगी थी और अपनी आदत के मुताबिक बात को घुमा फिरा कर कर रही थी। लेकिन इतना तो तय था कि हनीमून के लिए उसके मन में इच्छा थी और जैसाकि प्यार के दिनों में लड़की की इच्छा लड़के के लिए आदेश होती है, मैं भी हनीमून प्रथा की खुल्लम खुल्ला वकालत करने लगता।

बड़ी विचित्र बात थी कि हम दोनों सादगी वाले लोग थे। किसी की सम्पन्नता, सुख-ऐश्वर्य से न ईर्ष्यालु होते थे न आतंकित। उनके सम्मुख निस्संग भाव से अकड़कर चलने वाले थे मैं और सविता। लेकिन हम चमक-दमक की चपेट में आ गए थे। अब हममें कार और बंगले की हसरत सुगबुगाने लगी थी। हमारी आमदनी को देखते हुए जिसका पूरा होना मुमकिन नहीं था।

हम देखते कि हम अपने मैदान की झुलसाने वाली उत्तप्त गर्मी को झिटककर बर्फ से भरे पहाड़ों में चुहलबाजी कर रहे हैं। जाड़े का ख़्याल आते ही उसे अँगूठा दिखाकर मैं सविता के साथ चाय की तरह गर्म किसी जगह पर पहुँच जाता है। हम कभी वारिश में भीगने लगते और कभी धूप में सूखने। इस मामले में बस एक ही गड़बड़ी थी कि जब हम दूरदर्शन के सामने होते तो शर्माना पड़ता। क्योंकि यह बात खुल जाती कि हमारे सपने मौलिक नहीं थे। बहरहाल बात को बढ़ाने से क्या फायदा। इतना तो तय था कि सविता में हनीमून के लिए एक अभिलाषा थी और इस मामले पर मेरा उससे मतभेद नहीं था।

सविता कहती, "शादी के बाद हम किसी ऐसी जगह चलेंगे, जहाँ सब कुछ नया-नया हो। साफ और रोचक हो। मोहकता से भरा-पूरा, सुंदरता की रोशनी में डूबा हुआ।"

“और क्या न हो?” मैं उसे छेड़ता।

‘मेरे मुहल्ले की चिल्ल-पों और तुम्हारे मोहल्ले के मच्छर।” वह विद्रूप से मुस्कराती, “कौन कहे समंदर और झरनों के, यहाँ तो नल का पानी भी ठीक से नहीं आता।”

“तभी तुम हफ्ते में एक बार नहाती हो।”

“तुम्हारे घर की तरह मेरे घर के बगल में गंदा नाला तो बहता नहीं कि तुम्हारी तरह उसमें डुबकी लगाऊँ और स्वच्छ हो जाऊ।” वह चिढ़ जाती।

मैं मुस्कराता और फ़ैसला करता कि शादी के पहले अपना मकान बदल लूँगा। सविता शुद्ध और ताज़ा हवा को पसंद करती, मैं ऐसा मकान लूँगा जो शुद्ध और ताज़ा हवा से घिरा हो।

मैं उसे खुश करने के लिए कहता, “मुझे प्रकृति से बहुत लगाव है।”

“मुझे भी! शुद्ध और ताज़ा हवा पाकर मेरा रंग गोरा हो जाता है और चमड़ी मुलायम।”

“ठीक है! तो शादी के बाद मैं तुम्हारे लिए साड़ी वग़ैरह की जगह झोला भर शुद्ध और ताज़ा हवा लाया करूँगा।”

“वो तुम रोज़-रोज़ लाना।”

“वो रोज-रोज लाऊँगा।”

“तो हर सुबह मैं थोड़ी ज़्यादा गोरी और हो जाऊँगी और थोड़ी ज़्यादा नरम।”

मैं बातों में असर के लिए सपनों के बरक्स यथार्थ भी उपस्थित करता, “और यहाँ...हमारे आस-पास की ज़िंदगी कुछ मत पूछो। यहाँ घुटन ही घुटन है, इतने दिनों से मैं और तुम मिल रहे हैं लेकिन शायद ही कभी हँस सके हों, शादी के बाद भी हँस पाएंगे, मुझे तो शक है।”

वह मुझे प्यार से देखती और कहती, “ठीक कहते हो, बहुत ठीक कहते हो। इसीलिए तो हनीमून में खूब खुलकर हँसेंगे और प्रेम करेंगे।”

मैं भावुक हो गया और हास्यास्पद ढ़ंग से भाषण सा करने लगा, “सविता! हनीमून पति पत्नी के संबंधों में एक प्रगतिशील भाव पैदा करता है। इस पुरुष प्रधान समाज में हनीमून के दौरान स्त्री को बराबरी का स्तर देने की शुरुआत करता है पुरुष। हनीमून स्त्री को दोयम दर्जे की नागरिकता की त्रासदी से मुक्त कराता है।” मैंने पाया कि वह मेरी बातें सुनकर हँस नहीं रही है, बल्कि गंभीर हो गई है।

अब हम दोनों एक स्वर में कहते, ‘शादी के बाद हम हनीमून ज़रूर मनाएंगे।”

लेकिन कैसे मनाएंगे?

यदि नवम्बर में शादी हुई तो?

यदि दिसम्बर में शादी हुई तो?

...मार्च में हुई तो?

...जून में हुई तो?

यदि सितम्बर में हुई तो?

इन सवालों को मद्देनजर रखते हुए हम कभी गोवा पहुँच जाते, कभी ऊटी, कभी शिमला, तो कभी कश्मीर, कभी बंगलौर तो कभी नैनीताल।

इस तरह हम कल्पनाओं के पंख लगाकर उड़ते। पर बीच-बीच में हमारी सांस उखड़ने लगती। मैं चिंतित हो जाता कि हनीमून के लिए पैसे कहाँ से इकट्ठे होंगे? इसलिए जब सविता ने पैसे का सवाल उठाया तो मैं विचलित हुआ। आखिर किसी तरह कह सका, "ऐसा करते हैं कि हम अभी से हनीमून के नाम पर कुछ बचत करना शुरू करते हैं।"

मेरी बात में न कोई उत्साह था न कोई नई सूझ-बूझ लेकिन न जाने क्यों व चहक उठी। शायद प्यार में इसी तरह होता है। तो वह खुशी में मेरे बालों की मुट्ठियों में जकड़कर धीरे से हिलाती हुई बोली, "बुद्धूराम, कभी-कभी तुम भी अक्ल की बात करते हो।"

"और तुम? तुम शायद ही कभी अक्ल की बात करती हो।" मैंने चिढ़ाया।

"शायद मैं इस समय एक अक्ल की बात करने जा रही हूँ।" उसने नाटकीयता के साथ गला साफ किया, "तो बात यह कि हनीमून बचत योजना में मैं भी पार्टनर बनूँगी। मेरी पासबुक में भी कुछ नोट हैं। शादी तक उन्हें बढ़ा लूँगी, यह वादा है।"

हम महज बातों के शेर नहीं थे। हमने वाकई बचत करनी शुरू की। इसीलिए जब हमने शादी की तो वाकई हमारे पास हनीमून मनाने भर के लिए रकम थी।

हमारे माता-पिता हमारे प्रेम से उदासीन थे लेकिन विवाह के विरोधी। इसीलिए शादी हमने कोर्ट की शरण में की। कुछ दोस्तों से बधाई और खान-पान के आदान-प्रदान के बाद हम लौट रहे थे। लाल बत्ती पर एक लड़के से हमने दो गजरे ख़रीदे और एक लड़की से शाम का अख़बार। हमने एक बार फिर शादी की : मैंने उसे गजरा पहनाया, उसने मुझे।

वह बोली, "हमारे मम्मी-पापा आज होते..."

"यह सब कुछ देर के लिए भूल जाओ और लो अखबार पढ़ो।"

अखबार में देश की एक मशहूर अभिनेत्री के एक उद्योगपति से विवाह करने की खबर थी। अभिनेत्री ने भी अभी कुछ घंटे पहले विवाह किया था। अभिनेत्री होशियारी से सम्पन्न थी, उसने हनीमून के लिए पहले से जहाज़ के दो टिकटों का आरक्षण करा लिया था। वे तुरंत उड़ गए थे। वे पैसे के झूले पर हनीमून की पेंगे बढ़ा रहे थे और हम बासी हनीमून की ओर उन्मुख थे। अभिनेत्री दम्पत्ति स्विट्जरलैंड की हवा में घूलमिल रहे थे। जबकि हम कश्मीर, मंसूरी, ऊटी, बंगलौर और गोवा नामों के बीच चौकड़ी भर रहे थे। जैसे कोई मेमना बैठा रहता है, बैठा रहता है कि अचानक उठकर किसी पेड़ या दीवार तक चौकड़ी भरता है और फिर अपनी

जगह आकर आराम करने लगता है।

मैंने कहा, "देखो, देश की इतनी बड़ी हीरोइन ने भी शादी के लिए आज का ही दिन चुना।"

"आखिर उसको अपने से भी बड़ी हीरोइन का अनुकरण तो करना ही था। मैं उससे भी बड़ी हीरोइन हूँ। नहीं क्या ?"

"ज़रूर-ज़रूर" मुझे चुहल सूझी, "लेकिन उस हीरोइन ने हनीमून के लिए पहले ही टिकट बुक करा लिए थे।"

"हो सकता है, टिकटों के पैसे उद्योगपति पति ने दिए हों।"

"हो सकता है न दिए हों।"

"हो सकता है दिए हों।"

हम झगड़ा-सा करने लगे थे। अभिनेत्री-उद्योगपति हनीमून मना रहे थे और हम झगड़ा कर रहे थे। वे ख़ुद मौज़ मना रहे थे और हमको लड़ा रहे थे। मेरे चेहरे पर शायद तनाव की परछाईं डोलने लगी थी, क्योंकि सविता ने बात बदल दी लेकिन यह बात पूर्व प्रसंग से अपेक्षाकृत अधिक कटखनी थी। उसने कहा, "वे लोग हनीमून विदेश में मना रहे हैं।" उसके कथन में सूचना नहीं, ताना मारने का भाव था।

मैं उसे देश प्रेम का पाठ पढ़ाने लगा, "विदेश-उदेश में हनीमून मनाना चोंचले हैं, चोंचले! झूठा प्रदर्शन। देश की मुद्रा का नुक़सान, अपना देश किसी देश से कम सुंदर है क्या?"

"हाँ सच कहते हो! जिन्हें अपने देश में प्रेम नहीं होता, वही विदेश में हनीमून मनाते हैं।"

थोड़ी देर में हमने सिद्ध किया कि अभिनेत्री दम्पत्ति देशद्रोही हैं, यह भी कि अभिनेत्री का चरित्र ठीक नहीं आदि-आदि।

अब वह ख़ुश हो गई थी। मुझे भी ख़ुश करने की गरज से वह और ख़ुश हो गई। मेरे कान से अपना मुँह सटाकर बोली, "एक बात पूछूँ?"

"पूछो! मगर उससे पहले अपने होठों को मेरे कान से और सटा लो। इतना के तुम्हारे अच्छे-प्यारे होंठ मेरे कानों को अच्छी तरह स्पर्श करने लगें।"

"जाओ मैं नहीं बोलती।"

"अच्छा, पूछो-पूछो।"

"कहाँ चलोगे भोलेनाथ हनीमून मनाने?"

अब तक मुझमें आत्मविश्वास आ गया था। मैंने चुटकी ली, "कैलाश पर्वत।"

"तपस्या करने का इरादा है क्या?" उसने झूठे गुस्से से तरेरकर देखा लेकिन तुरंत ही विहंस पड़ी, "हम कश्मीर चलेंगे। वहाँ हम डल झील की सैर करेंगे और हाउस बोट पर घूमेंगे।"

"लगता है, तुम्हारे दिमाग में कक्षा एक की पुस्तक घूम रही है जिसमें कश्मीर

पर एक लेख था।''

''लगता है तुम रोमांस विरोधी हो गए हो लेकिन मैं तुमको दुरुस्त करूँगी। मैं वैष्णो देवी की गुफा में तुम्हें जोर से चूम लूँगी। चुम्बन की आवाज़ गुफा में फैलेगी। मैं पक्षियों की तरह पेड़ पर लटकते सेब को ज़रा सा कुतर दूँगी, जिसे तोड़कर तुम्हें खाना पड़ेगा।''

''हमने शादी कश्मीर का सेब खाने के लिए नहीं की है। हमने शादी उस सेब को खाने के लिए की है जिसे आदम और हव्वा ने खाया था और मनुष्य हो गए थे।''

हमारे द्वारा ''मनुष्यता'' की कोई हरकत होती, इसके पहले ही मेरा घर आ गया, जो आज की तिथि से हमारा घर था। यह वह मच्छरों वाला मकान नहीं था। यहाँ दो कमरे थे और सफाई थी। गृहस्थी को लेकर मेरे मन की कल्पना सुकोमल और सुंदर थी, यह बाहर के उन नए गमलों से भी प्रकट होता था, जिसकी मिट्टी में पानी था और मिट्टी के ऊपर छोटे-छोटे पौधे। जिनके गर्भ में छोटी-छोटी कोपलें व्यक्त होने की प्रतीक्षा में व्याकुल थीं। धरती पर बिस्तर थे और दीवारों पर छपी हुई चित्रकृतियाँ। इससे साबित होता था कि मुझमें मूल चित्र खरीद सकने की ललक थी पर तंगीवश असमर्थ था, यह भी साबित था कि मुझमें कला प्रेम का शिशु कुनमुना रहा था।

किचन लगभग ख़ाली था और स्वच्छ था। स्वच्छ होने की वजह से ख़ाली नहीं लग रहा था, बल्कि ऐसा कुछ था, तो यह कि खाली होने के कारण स्वच्छ लग रहा था। मध्य में एक स्टोव था। स्टोव पर मैंने गाजर का हलुवा पकाया था जो एक प्लेट में दफ़्ती से ढंका था। मोतियों और रुई से बने दो खरगोशों की तक मढ़ी हुई तस्वीर थी जो शौचालय में लगी थी। वह हास्यास्पद थी, इसलिए शौचालय में लगी थी।

''मुझे बहुत भूख लगी है!'' सविता को भूख लगी थी।

''गाजर का हलुवा खाकर पानी पी लो। फिर चलते हैं बाहर कहीं कुछ खाते हैं।''

''आज गृहस्थ जीवन के पहले दिन का पहला पहर है।'' सविता ने साड़ी कमर पर कस ली, ''मैं समझती हूँ, गृहस्थी की शुरुआत आज और अभी कर देनी चाहिए। पराठा-सब्जी बना लेते हैं।''

''ठीक रहेगा, यह दर्ज होगा कि हमारे गृहस्थ जीवन का उद्घाटन पराठे और सब्जी से हुआ।''

वह स्टोव जलाने लगी। स्टोव रुग्ण था। उसको किसी तरह जलाया जाए, चाहे जितना पिन किया जाए, हर दशा में वह एक जगह बहुत तेज जलता और शेष जगह बहुत धीमा। सविता आधी माचिस ख़त्म कर चुकी पर उसका जलना

संतुलित न हो पाया। माचिस बचाने की गरज से सविता ने पूछा, ''मोमबत्ती है ?''

मैंने विकल्प सुझाया, ''अखबार का एक बड़ा टुकड़ा जला लो।''

खाना बन जाने पर उसने प्रस्ताव रखा, ''मैं नहा लूँ, वैसे अच्छा होगा कि तुम भी नहा लो। तब भोजन का स्वाद बढ़ जाएगा।''

''हाँ और हमारे रोम कूप भी खुल जाएँगे। ताज़ा और शुद्ध हवा हम पर अधिक असर डालेगी।''

वह मुस्कराई, मैंने राहत पाई।

बाथरूम में जाते ही वह निकल आई, ''नल नहीं आ रहा है। किसी ड्रम में पानी रखा होगा। कहाँ है ड्रम?''

''ड्रम तो नहीं है।'' मैं अपराधी महसूस करने लगा अपने को। शायद इसे वह भांप गई, ''कोई बात नहीं, वैसे भी आज का दिन पानी नहीं, प्यार से नहाने का है।''

सुबह हम उठे तो हम दोनों को ज्ञान हुआ, हमारे घर में गैस का चूल्हा होना चाहिए, फ्रिज होना चाहिए, रंगीन टी.वी., सोफा, कालीन, खाने की मेज और कुत्ता वगैरह होना चाहिए। इतना सब न सही, तो भी इतना तो ज़रूर होना चाहिए कि हम हनीमून से लौटें तो यह न पाएँ कि हम जन्नत से कुम्भीपाक में पहुँचे हैं। इसीलिए हम जुट गए आवश्यक वस्तुओं की ख़रीद में। हम सामान ख़रीद रहे थे और पा रहे थे कि हम नए जीवन में प्रवेश कर रहे हैं। हम कुँवारेपन की चहार-दीवारी को फलांगकर विवाहित हो रहे थे...

सामानों से लदे-पदे घर लौटे तो सविता बिस्तर पर पालथी मारकर बैठ गई। वह गर्मी से बेहाल लग रही थी। बालों को खोला फिर उन्हें गोल लपेटकर बोली, ''भई मेरे हिस्से के पैसे तो ख़त्म।''

''मेरे हिस्से के भी ख़त्म।''

''अंय?'' वह इस तरह हकबकाई कि मुझे हंसी आ गई।''

''तुम झूठ बोल रहे हो। देखा हंस रहे हो। तुम शर्तिया झूठ बोल रहे हो।''

''मैं सच बोल रहा हूँ। क़सम से मैं सच बोल रहा हूँ। तुम मेरी पास-बुक देख लो कि मैं सच बोल रहा हूँ।''

पास बुक देखकर वह उदास हो गई। वह चुप रही फिर मुस्कराते हुए धीरे से बोली, ''देखो ऐसा है कि मेरे पास सात सौ रुपए और हैं। तुम्हारे पास भी कुछ है क्या ?''

''नहीं यार। मेरे पास कुछ नहीं बचा। तुम्हारे पैसों से ही राशन लाऊँगा।''

वह रूँआसी हो गई, ''तो फिर हनीमून का क्या होगा?''

''कहो तो किसी से उधार ले लूँ।''

''नहीं...नहीं!'' वह डर सी गई, ''उधार कभी भी मत लेना तुम। वैसे भी

उधारे के पैसों से हनीमून का क्या तुक?"

"तो फिर?" मुझे लगा, मैं जीवन की बाजी हार गया। मैं संसार की सबसे बड़ी मुसीबत में हूँ। मैंने अपनी बाँयी बाँह आँखों पर रख ली और दुबारा बुदबुदाया, "तो फिर?"

वह मुझे दुखी नहीं देखना चाहती थी, "तो फिर बाद में सोचेंगे यार।" मुझे सकून मिला। वह उठ खड़ी हुई, "चाय पियोगे या शरबत?"

"गरम-गरम चाय। ठंडी जगह न जा सकने के ग़म में।"

लेकिन हम हताश नहीं हुए। अभी नहीं, न सही। जल्द ही आगे कभी। दिसम्बर-जनवरी में बंगलौर चले चलेंगे। वस्तुतः हम दृढ़प्रतिज्ञ थे कि अपनी इस इच्छा को मृत नहीं होने देंगे। हालाँकि हालात हमारी मंशा के विरुद्ध थे। शादी पूर्व हमारी धारणा थी कि जीवन मौज मस्ती की कहानी है लेकिन अब ज्ञान हुआ, हमारी दूर दृष्टि जर्जर थी, पैसा आता और नामालूम कहाँ लुप्त हो जाता। वह नखरेबाज कामिनी की तरह महज जाने के लिए आता। फिर भी पत्रम्-पुष्पम् ही सही, हमारी बचत होती रही। क्योंकि हम आलीशान सपने देखने वाले मामूली रहने-सहन के जोड़े थे। फिर बाल-बच्चे का झमेला न था। बच्चे कहने को चुनमुन-चिरैया होते हैं, उनके नन्हें-नन्हें सामान बालसुलभ भोलेपन के साथ आपकी आमदनी को चकमा दे जाते हैं। हम इस सत्य के दृष्टा थे। इसलिए अभी बालबृन्द के बचाव का उपक्रम करते थे। योजना थी कि चुनमुन-चिरैया हेतु आवश्यक असावधानी हम हनीमून में ही करेंगे। अगर हम दिसम्बर में असावधानी करेंगे तो सितम्बर में परिणाम पाएँगे। सितम्बर का महीना प्रसूति के लिए समीचीन होता है। हम समूची तैयारी में थे। इतने रोमांच, सतर्कता और सनसनी से भरे रहते कि हास्यास्प्द लगने लगते। गोया हम हनीमून नहीं युद्ध पर जा रहे हों।

आखिर दिसम्बर खुशी-ख़ुशी आया। खुश होकर हमने बचत की धनराशि को बैंक की कारा से मुक्त किया। लेकिन दिसम्बर धुब्ध होकर चला गया। क्योंकि नवम्बर के अंत और दिसम्बर के बिसमिल्लाह ने खबर दी कि हमें हाफ नहीं पूरे स्वेटर चाहिए। कम्बल नहीं रजाई और गदूदे चाहिए और कि बुढ़ापे में भी बैडमिन्टन खेलने के लिए च्यवनप्राश चाहिए।

तो इस दिसम्बर-जनवरी में हनीमून नहीं मना पाए हम, मगर "आवश्यक असावधानी" जरूर कर गए, जानबूझकर नहीं, जाड़े की ठंड और रजाई की गर्मी के विरोधाभास ने ऐसा कुछ कमाल किया, दुनिया में आँखें खोलने के लिए बबली पेट मे आ गई।

मैं कहता हूँ, "इस बार हम जरूर बाहर चलेंगे।"

"अरे छोड़ो, अब क्या चलना और न चलना।"

"अजीब औरत हो तुम। हमेशा ताना दिया करती हो हनीमून न मना पाने का। और अब जब एकदम पक्का हो गया है, तो यह रवैया। अरे भई चौदह महीनों का एरियर मिलेगा। इस बार ब्रह्म भी नहीं रोक सकते।"

वह आश्वस्त हो गई, "लेकिन बबली का कैसे करेंगे ?"

"हमारी बबली कोई ज़िद्दी नहीं है। उसे उसके बाबा-दादी के पास छोड़ देंगे। उसी के जन्म के बाद तो वह हमसे खुश हुए। वह पास रहेगी तो और ख़ुश हो जाएँगे।

"लेकिन मुझे तो उसकी याद आएँगी।" वह वाकई किसी पर्यटन स्थल के दृश्यों में खो गई, जहाँ वह बबली को याद कर रही थी।

"अच्छा कहाँ चलोगे?"

"चलो कश्मीर चलेंगे।"

तो हम कटिबद्ध थे कि वहाँ जाकर प्रकृति के साहचर्य में पूरी तरह मुक्त बनेंगे। खुलकर साँस लेंगे, परस्पर जी भरकर प्यार करेंगे। नवयुगल-सी उमंग के साथ उल्लास मनाने की शैली होगी हमारी। हम अपने आस-पास के दमघोंटू और समस्याग्रस्त माहौल को भूल जाएँगे। हम नवीन और स्वतंत्र हो जाएँगे।

मगर नामालूम मजाक में या वाकई, वह यदा-कदा उदास हो जाती, कहती "अब का क्या तुक? अब हम बासी हो गए हैं।"

"गलत, बिल्कुल गलत।" मैं उसको फुसलाता, "जब पति-पत्नी एक दूसरे को जान-पहचान लें भली-भाँति, तभी असली हनीमून की उम्र आती है।" मैंने उठकर उसे चूम लिया, "बोलो क्या यह चुम्बन बासी है?"

"नहीं।" उसने मेरी गर्दन में बाहें डाली और जोर से चूमा, "तुम बोलो, मेरा चुम्बन कैसा है? नया या पुराना?"

"पुराना, पुरानी शराब सा।"

"भागो मैं नहीं बोलती। सच-सच बताओ।"

"नया-नवेला। गजब का। तुम्हारे कुँवारेपन वाले चुम्बन से भी अधिक रसमय, सद्यः, अभिनव तीव्रतम...

"बस बस बस करो..." वह हँसने लगी।

अब यह तय था कश्मीर जाएँगे। हम कश्मीर के रंग में रंग-बिरंगे हो जाएँगे। कश्मीर हमारे रंग में रंग जाएगा। हम उसको हरा-भरा करेंगे, वह हमको हरा-भरा करेगा। हम यहाँ से हैसियत भर अमरूद ले जाएँगे जिसे वहाँ के बच्चों में बाँटेंगे। वहाँ से हम अलग से एक लाल-लाल सेब रूमाल में बाँधकर बबली के लिए लाएँगे। हम मम्मी-पापा के लिए कश्मीर की शालें लाएँगे जिन्हें छुएँगे तो कश्मीर की काया

डोलेगी। वहाँ हम आशिक-माशूका हो जाएँगे। मैं प्रणय निवेदन करूँगा, सविता इंकार। मैं प्रणय करूँगा, सविता स्वीकार। कश्मीर के गुलाब की तरह हम अलबेले और बेहद हसीन हो जाएँगे।

हम चकित थे कि हमें चार दिनों बाद कश्मीर जाना था। इस बीच सविता शोख होती जा रही थी। मैं चंचल। हम पहले वाले युवा होते जा रहे थे। मैंने रात सविता से कहा था, "सुबह जल्दी उठना है, ताकि धूप कड़ी होने के पहले ही हम बबली को गाँव पहुँचा आएँ।

सुबह सविता बबली को तैयार कर रही थीं। बबली रो रही थी कि वह वहाँ नहीं जाएगी। वह हाथ-पाँव पटकती और कहती कि वह कहीं नहीं जाएगी। हम उसे पुचकारते। ढेरों लालच परोसते मगर वह रोये जा रही थी सविता उसे जबरदस्ती कपड़े पहना रही थी...लेकिन वह नहीं जाने की रट लगाए जा रही थी...

मैं चाय पी रहा था कि अख़बार आया।

मैं-सविता सकते में थे। हमप्रभ और डरे हुए। कश्मीर में हत्याएँ थीं। गुलाब-गंध की जगह बारूद की बदबू ज़र्र-ज़र्रे में थी। कश्मीर की धरती के भीतर डर की एक अंधी सुरंग बिछी थी और ऊपर रक्त सनी मिट्टी की धूल।

हम थर-थर काँप रहे थे—इस डर से कि हमारा हनीमून इस बार भी नहीं हो सकेगा।

मैंने पूछा, "अब क्या होगा?"

"मेरा तो पहले ही मन नहीं हो रहा था, बबली को छोड़कर जाने का।"

"सच में, बबली के बिना हम वहाँ एक दिन भी नहीं गुज़ार पाते।"

"एक दिन क्या एक पल नहीं।"

मैंने माहौल को खुशनुमा बनाना चाहा, "आज मैं आफ़िस तो जाने से रहा। ऐसा करते हैं, आज अपना शहर घूमते हैं।"

बबली बोली, "हाँ, पापा हाँ। मैंने शहर में कुछ नहीं देखा। ख़ाली स्कूल देखा बस्स।"

शहर घूम, रात हम लौटे तो थकान की पकड़ में थे। सविता मुरझाई थी, मैं पस्त और बबली नींद में।

मैंने सविता को मनाने के लिए कहा, "ऐसा है सविता, तुम चिंता न करो। जाड़ों में हम ज़रूर कहीं के लिए रवाना होंगे।"

"नहीं, अब हम कहीं नहीं जाएँगे।" वह खोई-खोई सी बोली।

"क्यों?"

"क्या ज़रूरत?" वह मुस्कराई," ज़िंदगी का उतार-चढ़ाव उसकी मुसीबतों से लड़ना ही असली हनीमून है। ताज़िंदगी का हनीमून।"

"सच में?" मैं आँखें फाड़कर उसे देख रहा था।

"हाँ सच में।" उसकी मुस्कान थोड़ा सा ज़्यादा हो गई।

"तो हँसो...हँसो–

वह हँसने लगी। खुलकर हँसने लगी। उसकी हँसी में थोड़ा-थोड़ा पराजित हृदय का विलाप सिसक रहा था।

मैं भी आनंद में था कि एरियर के रुपए बच गए। मैंने सोचा, बहुत मटरगश्ती हो गई। अब जीवन का लक्ष्य निश्चित करना होगा। मेरे सम्मुख जीवन का लक्ष्य स्पष्ट था। एक मकान बनवाना और फिलहाल बबली की शादी करना। या संक्षेप में कहूँ तो ऐसा प्रबंध करना कि हमारा बुढ़ापा आराम से कटे। इसके लिए हम एरियर की दौलत जमा कर देंगे और ईश्वर से प्रार्थनाएँ करेंगे।

बड़ी अम्मा

हमारे घर में बड़ी अम्मा को लेकर परेशानी, उत्सुकता और उलझन थी। दादा (उनके पति) रिटायर होकर गाँव लौट आए थे। और अब बड़ी अम्मा गाँव में लड़-झगड़कर हम लोगों के पास आ रही थीं। वैसे अगर ख़ानदान की किताब का मुआयना किया जाए, तो उन्हें हमारे यहाँ किसी सूरत में नहीं आना चाहिए था। क्योंकि कुछ साल पहले तक हम लोगों ने जो मुसीबतें झेली थीं, उनकी वजहों में वह भी थीं। दादी बताती हैं कि बाबा दादा के सिर पर एक भाई और तीन बहनों की कच्ची गृहस्थी छोड़कर गुज़रे थे। जिन्हें दादा भरसक ढो रहे थे। सब कुछ सलीके से चल रहा था। किंतु बड़ी अम्मा आईं और शांति की चूलें हिल गईं। उनकी दादी से घमासान लड़ाइयाँ होने लगीं। लोग पछताने लगे, कंगाल के घर से बहू क्यों लाई गई ?

दादी का कहना है, जब वह बड़ी अम्मा से गेहूँ पीसने के लिए कहतीं तो मोटा पीस देतीं। यही नहीं, जाँत चलाती थीं, तो गाने की जगह गालियाँ बोलतीं। बरतन गंदा साफ़ करतीं। ख़ाना ख़राब पकातीं। रात को सिर-पैर वग़ैरह बेमन से दबातीं।

दादा एक दिन बड़ी अम्मा को डेरे पार ले गए। उसी के चंद महीने बाद दादा की तरफ़ से आर्थिक सहायता बंद हो गई थी। छिटपुट आते, तो दादी के लिए सुपाड़ी, सुर्ती, तेल, पान आदि लेते आते। तीन-तीन बहनें थीं। दादा ने मुँह फेर लिया था। सारा बोझ पिताजी के कंधों पर आ पड़ा और इसीलिए हम भाई-बहन का जन्म ही दुखों की सुरंग के मुहाने पर हुआ था। यही सब वे कारण थे कि अम्मा, पिताजी, दादी, बूआ—सभी उनसे घृणा करते थे। सबका दृढ़ विश्वास था कि सारी खुराफ़ातों की खलनायिका बड़ी अम्मा हैं।

बड़ी अम्मा के ग्रेजुएट और पोस्ट ग्रेजुएट दो लड़के थे। दोनों की खसूसियत थी, शुरू से ही माँ को डाँटते थे। अगर बड़ी अम्मा किसी तरफ़ से अच्छा व्यवहार पातीं, तो अपनी अठारह वर्षीय बेटी सीता से। बेचारी घर का सारा काम सँभालती।

बड़ी अम्मा ने लड़कों की पढ़ाई से भयभीत होकर हाईस्कूल बाद उसकी पढ़ाई छुड़ा दी थी। सीता हाईस्कूल फर्स्ट डिवीज़न पास हुई थी और पढ़ाई छूटने पर बहुत रोई थी किंतु उसकी एक न चली। घर बैठा दी गई। बड़ी अम्मा की लड़ाइयों में वह इकलौती तटस्थ और मूक सदस्य होती। बड़ी अम्मा जब पिटने के बाद शांत हो जातीं, तो वह उनका सिर दबाकर अपनी पक्षधरता घोषित करती। बड़ी अम्मा झगड़े के कारण ही हमारे यहाँ आ रही थीं...।

हुआ यों कि एक दिन मार खाने के बाद उन्होंने घोषणा की, "बस बहुत सह चुकी। मैं फ़ाँसी लगाकर सारा खेल ख़त्म कर लेती हूँ।" जवाब में उनके बड़े लड़के जिसकी डिस्को संगीत में रुचि बढ़ रही थी, ने रस्सी लाकर सामने रख दी और कमर पर दोनों हाथ रखकर व्यंग्य से देखने लगा। वह रस्सी लेकर तपाक से उठीं और बेटी से लिपटकर रोने लगीं। रस्सी लेकर जाते समय सीता ने रोका, तो उसे ठेलकर ऊपर वाले कमरे में चली गईं। सबकी साँस रुक उठीं। दादा, लड़के सभी चाहते थे, वह लौट आएँ लेकिन ख़ुद बुलाने में हेठी समझते थे। केवल सीता ऊपर दरवाज़ा पीट रही थी।

आख़िर वह सीता के साथ सीढ़ियाँ उतरीं। दादा ने राहत की साँस ली होगी, लेकिन कहा, "बस नौटंकी ख़त्म हो गई ?"

बड़ी अम्मा को बात लग गई और दादा की दवाओं को काफ़ी मात्रा में निकालकर फाँक लिया। उनके शरीर पर छाले निकल आए थे। शरीर में बड़े ज़ोर की खुजली उठती थी। हमारा इलाहाबाद प्रदेश का जाना-माना शहर है। वह यहाँ इलाज के लिए आ रही थीं।

अंजली ने पिताजी से ऐसे ही कहा, "कल बड़ी अम्मा आ रही हैं।"

उन्होंने एक साथ हँसते और झुँझलाते हुए कहा, "भई तो मैं क्या करूँ या क्या मरूँगा ?"

"तुम भौजाई का गाना सुनना।" अम्मा ने मज़ाक़ किया। सभी हँसने लगे। सबको हँसता छोड़कर अम्मा खाना बनाने चली गईं। मुझे ताज्जुब हुआ, कैसे पल-भर में बड़ी अम्मा के प्रति कटुता का सैलाब छू-मन्तर हो गया।

अंजली ने कहा, "मैं जा रही हूँ भीमसेन जोशी को सुनने, तुम भी चलो।"

"नहीं मैं कल सुनूँगा। आज मैं पढ़ूँगा।"

मुझे अपने मुँह से नहीं कहना चाहिए, लेकिन फिर भी कह ही रहा हूँ कि हमारा परिवार आदर्श परिवार है। हमारी माँ ज़्यादा पढ़ी-लिखी नहीं है, इसके बावजूद हमारी बातों को, आधुनिक विचारों को समझती हैं। पिताजी में मेहनत और संघर्ष करने की अपरम्पार क्षमता है। इन दोनों और कुछ संयोग का ही कमाल रहा कि आज हमारी आर्थिक स्थिति भी ठीक हो गई है। वरना तो कभी के हम लोग टूट गए थे। अब छोटी-मोटी सारी चीज़ें हो गई हैं। हमारे घर में टी.वी. है। फ्रिज है।

टेपरिकार्ड है—कहने का मतलब जीवन बड़े मजे से बीत रहा है। इधर कुछ ज़्यादा ही। क्योंकि हमने और अंजली ने ढेर सारी किताबें और कैसेट्स खरीदे हैं। युनिवर्सिटी बंद है।

बड़ी अम्मा अपने डिस्को प्रेमी बेटे के साथ रेल से उतरी थीं। लड़के ने मुझे देखा और हाल-चाल पूछा। एक फ़िल्म का नाम लेकर कहा, "इसका आज आख़िरी दिन है।" वह स्टेशन से ही चला गया था टाकीज़।

बड़ी अम्मा जैसे किसी मेले में आई थीं। उन्होंने चटख गुलाबी रंग की साड़ी पहनी थी। माँग में सिंदूर और पैरों में रंग लगा था। हाथ में टीन का एक बक्सा था, जो कुंडी के अभाव में रस्सियों से बँधा हुआ था। रिक्शावाले को पता बताकर हम बैठ गए। उन्होंने फुसफुसाकर कहा, "कितना लेगा ? पहले तय कर लेना चाहिए था।" वह रिक्शावान को सुनाते हुए कहने लगीं, "अरे रिक्शा की कौन जरूरत थी ? चार परग तो था। लम्हा-भर में पहुँच जाते पैदल ही।" मुझे हँसी आने लगी उनकी चतुराई पर। मैं हँसने ही वाला था कि उन्होंने मुझसे मेरे घर के बारे में पूछना शुरू कर दिया। अंजली के बारे में उन्होंने राय दी कि उसे इतना नहीं पढ़ाना चाहिए। अब जल्दी से जल्दी उसकी शादी हो जाए। मैं चुप ही रहा। मैं उनसे उलझना नहीं चाहता था। चोट नहीं पहुँचाना चाहता था। उन्होंने रिक्शा रुकवा दिया। अपनी धोती की एक गाँठ खोलकर दो रुपए का नोट दिया मुझे, "इसी का केला ले लो।" मैंने चुपचाप उनकी इच्छा पूरी की।

जब हम घर के सामने पहुँचे, तो रिक्शावान ने चार रुपए माँगे। मैंने कम कराया। बात तीन पर पहुँची। वह सामने वाले पेड़ को देखने लगीं। रिक्शा आगे बढ़ा, तब कहीं जाकर उनकी तन्द्रा टूटी।

पिताजी आफ़िस गए थे। मेरी अम्मा ने उनका पाँव छुआ। अंजली की नमस्ते का जवाब देते हुए वह बोलीं, "बहुत पढ़ाई हो चुकी बिटिया। अब बंद करो। ज़माना बड़ा ख़राब है। फिर पढ़ाई-लिखाई से लोगों का दिमाग़ बिगड़ जाता है। हमारे दो-दो कपूत तो हैं। पहले ठीक थे, जैसे-जैसे दर्जा डाके, बुद्धि भ्रष्ट होती गई। अब देखो, आया और फिलिम चला गया। हमारा कोई ख़्याल नहीं करता।" उनका गला भर्रा आया, "एक दोनों कपूतों के बाप हैं। जिंदगी भर मुझे चमार और सियार की तरह रखा। हम क्या करें दुल्हिन...।"

मेरी अम्मा ने कहा, "जीजी आप भी बस। चलिए पहले मुँह-हाथ धो लें। आराम से बैठें, फिर बात होगी।"

बड़ी अम्मा नल के पास चली गईं। नल खोलते ही उन्हें कुछ याद आया, "अरे अजय, उ केला निकाल के दे देना।"

यात्रा की गर्द धोकर वह आईं, तो उनकी थकान भी थोड़ी पुछ गई थी। मैंने

उन पर ग़ौर किया। उनके व्यक्तित्व में फक्कड़पना इतना अधिक था कि वह पगलेट-सी लगती थीं। बालों का अधिकांश पक गया था। रंग उनका गेहुआँ था। चेहरे की रेखाएँ बताती थीं कि उनमें हीन भावना लबालब है। उनकी बात-बात में हथेली से सुर्रा मारकर नाक पोंछने की आदत थी। एक और ख़ास बात थी, थोड़ी-थोड़ी देर पर उनकी आँखें झपक उठती थीं।

वह अपनी गरदन को रगड़कर मैल छुड़ा रही थीं। तभी कुछ परेशान होकर अंजली से बोलीं, "बिटिया ज़रा कोई पटरी देना।"

अंजली ने स्केल लाकर दिया। उसे ब्लाउज में डालकर पीठ खुजलाने लगीं। अम्मा ने उनसे बात शुरू करने के लिए गाँव का हाल-चाल पूछा। उन्होंने जवाब में शिकायतों और तक़लीफ़ों का बहीखाता खोल दिया। दादी के ख़िलाफ़ चुगली व्याख्यानमाला शुरू कर दी। दादा और दोनों लड़कों की भर्त्सना करते-करते उनकी आँखों में आँसू आ गए। विलाप आरम्भ कर दिया।

उनके रोने का मुझ पर बिल्कुल असर नहीं हुआ। मैं सीता के प्रति उनके नजरिए से भरा हुआ था। आखिर मैंने प्रश्न दाग दिया, "आपने सीता की पढ़ाई क्यों छुड़ा दी ?"

"मैं तुम्हारी अम्मा की तरह बेवक़ूफ़ थोड़े हूँ। दुनिया जानती-समझती हूँ। पढ़ाई-लिखाई आदमी को अपनों से दूर कर देती है। दया-मुहब्बत का नामोनिशान मिटा देती है। और... ।"

पसीने से भीगी अंजली आकर पंखे के नीचे खड़ी हो गई। जैसे हवा काफ़ी न हो, हथेलियों से चेहरा झलने लगी, "बड़ी अम्मा खाना तैयार है। गर्मागर्म। चलिए उठिए।"

उनकी निगाह अंजली के पैरों पर पड़ी। वहाँ चप्पल न पाकर उन्हें संतुष्टि हुई। फिर पूछा, "कहो बिटिया सुबह नहाती हो या शाम को ?"

"सुबह-दोपहर-शाम—तीनों वक़्त।" अंजली हँस दी।

"इसका मतलब खाना बनाते समय सफ़ाई का ध्यान देती हो।"

"पूरी तरह से। चलिए उठिए।" उसने उनका हाथ पकड़ लिया। थाली देखकर उनका चेहरा खिल उठा। मालूम नहीं, वह भूखी थीं या खाना उन्हें देखने में अच्छा लगा।

लेकिन वह उदास हो गईं। एब अजीब क़िस्म की पीड़ा उनके नथुनों में फड़फड़ा उठी। उन्होंने कहा, "पता नहीं, वह फिलिम ही देख रहा होगा या कुछ खाया-पीया भी होगा ?"

उनके खाने का ढंग ऐसा था कि मुझे लगा, उन्हें कुछ रास नहीं आ रहा है। उनके तनाव को तोड़ने की गरज से मैंने कहना शुरू किया, "अरे सब्ज़ी तो खाइए। थोड़ा बड़ा कौर। हाँ अंजली ज़रा ध्यान दिए रहना। देखना है बड़ी अम्मा कि, आप

और अम्मा में कौन ज़्यादा खाता है...।''

उन्होंने हँस दिया, ''तुम तो हमको लड़का फुसला रहे हो जैसे।''

अब अंजली की बारी थी, ''और बड़ी अम्मा। थोड़ी सब्ज़ी और। अरे आलू लीजिए। देखिए ये रोटी कित्ती फूली है...।''

''अच्छा भागो।'' उन्होंने प्यार से झिड़क दिया। वह कुछ सोचने-सी लगीं। कुछ सोचते हुए ही सवाल किया, ''अच्छा बताओ खाना पहले से ही बना रखा था क्या ?''

''नहीं, अभी अंजली ने बनाया।'' अम्मा बोली।

''इतनी जल्दी कैसे बना लिया ?''

''गैस पर खाना बनने में कौन देर लगती है।''

''गैस है यहाँ !'' बड़ी अम्मा खुश हो गईं, ''मुझे उसे खोलना और बंद करना सिखा देना।''

दोनों देवरानी-जिठानी हाथ-मुँह धो रही थीं। शनिवार होने के कारण आज दिन में भी टी.वी. पर कार्यक्रम थे। मैंने टी.वी. खोल दिया। सोचा, बड़ी अम्मा खास रुचि लेंगी या हतप्रभ हो जाएँगी। ऐसा न हुआ। बाद में पता चला कि डेरे पर वह पड़ोस में एक वकील साहब के घर देखा करती थीं। हाँ स्ट्रेपलाइजर की तरफ़ अवश्य उँगली तानकर पूछा, ''ये क्या चीज़ है ?''

अंजली ने कमरे में प्रवेश किया, ''यह नये फ़ैशन का बक्सा है।''

''ठीक है, तेरी शादी में ऐसे ही बक्से दिए जाएँगे।'' उन्होंने जड़ा और ठहाका मारकर हँसने लगीं। अंजली झेंप गई। नामालूम अपनी शादी की बात पर या उनके ठहाके पर। उसके सारे खुलेपन को उन्होंने परास्त कर दिया था।

थोड़ी ही देर देखा होगा कि घबड़ाकर बोलीं, ''अरे अजय, टी.वी.सी.वी. तो फिर देखूँगी। जिस काम के लिए आई हूँ पहले उसे करा दो। चलो मेरा मर्ज़ दिखा दो।''

मैंने कहा, ''चलिए।''

अम्मा ने कमरे में मुझे ले जाकर कुछ रुपए दिए, ''इसे रख लो। बड़ी अम्मा के पास न हो, तो तुम दे देना।''

मैंने अम्मा को आदर और प्यार से देखा। देखकर लगा मैं कितना सुखी हूँ। मैंने महसूस किया, मेरी माँ से अच्छी शायद ही कोई माँ हो। वैसे इस सच्चाई के बारे में मैं जानता हूँ कि दुनिया के हर इन्सान को अक्सर ऐसा ही महसूस होता है।

उन्हें डॉक्टर को दिखाकर लौटा। रास्ते में लौटते समय अपने मर्ज़ और उसकी दवा के बारे में बिल्कुल नहीं पूछा। बल्कि उनकी उत्सुकता डॉक्टर की आमदनी जानने में थी, जैसे उसी से डॉक्टर की योग्यता मालूम हो जाएगी।

घर पहुँचे, तो अंजली ने तमाशा खड़ा कर रखा था। दो फटेहाल नंगी बच्चियाँ दरवाज़े पर गाना गा रही थीं। इनकी जाति को यहाँ कंकाली कहा जाता है, जो कंकाल या कंगाली जिससे भी बना हो ग़रीबी से रिश्ता ज़रूर रखता है। दोनों बच्चियाँ ऊँचे लय में कोई फ़िल्मी गीत गा रही थीं। उनके गले की नसें मोटी होती जा रही थीं।

हम लोगों के आने पर अंजली ने दोनों को पैसे दिए। पैसों को गिनते हुए वे आगे बढ़ गईं।

बड़ी अम्मा ने अपने सामान्य ज्ञान का परिचय दिया, "ये लोग दिन में पता करते हैं कि किस घर में क्या-क्या है। जाकर अपने बाप को बताते हैं। फिर रात में चोरी-डाका पड़ता है।"

मैंने प्रतिवाद किया, "क्या बात करती हैं आप ? ये इतनी छोटी बच्चियाँ। दरवाज़े पर बैठकर घर के सारे सामानों का पता कर लेंगी ?"

"अरे ये छोटी हैं ? अभी ये गाना गा रही हैं। बाद में बड़ी होकर बदचलन हो जाएँगी।"

मैंने अंजली को देखा, उसके चेहरे पर भी मेरी तरह क्रोध था। मैंने सोचा कि इस बात को लेकर बड़ी अम्मा से बहस करूँ। उनको समझाऊँ। लेकिन ऐसा कुछ नहीं कर सका। क्योंकि इतनी देर में मैंने उन्हें जान लिया था। मैंने तय किया कि इनसे भिड़ना फ़िज़ूल है। ये समझदारी और बुद्धि से विहीन हैं। इनकी अपनी मान्यताओं की पेंचें इतनी घनघोर हैं कि किसी भी पिलास से खोली नहीं जा सकतीं। ठीक है। आईं हैं, तो रहें कुछ दिन। इज़्ज़त सेवा करते रहो। इनके दिमाग़ी मकड़जाल को साफ़ करने की कोशिश बेकार है।

मैं कुढ़कर जाने लगा।

"जाते कहाँ हो। ज़रा, टिबिया खोलो।" बड़ी अम्मा ने आदेश दिया।

सकपकाकर मैं टी.वी. के क़रीब पहुँचा, तो वह भी आ गईं। टी.वी. चलाने की एक-एक क्रिया को ग़ौर से देखने लगीं वह।

टी.वी. चालू हो जाने पर मैं उठा, तो उन्होंने कहा, "अब मैं भी खोल सकती हूँ।" मैंने कोई जवाब नहीं दिया और दूसरे कमरे में आ गया। अभी मेरी झुँझलाहट शान्त नहीं हुई थी। ऊँचे स्वर में एक कैसेट बजाने लगा। अपने इस बचकानेपन पर हँसी आ रही थी लेकिन मैं यह जानता था, मेरी मनोदशा की बेहद सटीक अभिव्यक्ति हो रही है।

मज़े की बात, उस शोर में मुझे झपकी आ गई, जैसे वह लोरी हो। चौकस होने पर पाया कि बड़ी अम्मा ने चिल्ल-पों मचा रखी है। बाहर आकर देखता हूँ, वह बिगड़ रही हैं और सामने बैठा लड़का बेहयाई से हँसते हुए जूते का फीता खोल रहा है। मैंने उससे पूछा, "कौन-सी फ़िल्म देखी ?"

"तीन-तीन देखीं।" उसने सगर्व कहा और उतावली के साथ इंतज़ार करने

लगा कि मैं पूछूँ, उन फिल्मों का नाम क्या था। मैंने नाम नहीं पूछा। क्योंकि मुझे डर था, आगे वह फिल्मों की स्टोरी सुनाने लगेगा। मैं बड़ी अम्मा का पक्ष लेकर उसे समझाने लगा कि उसकी इस हरक़त से सभी को कितनी परेशानी हुई। बड़ी अम्मा की तो जान ही निकली जा रही थी...। मेरा उपदेश उसे पसंद नहीं आ रहा था। उसने बड़ी अम्मा पर व्यंग्य कसना शुरू कर दिया। बड़ी अम्मा रोने और गाली देने लगीं। उन्होंने हाथ जोड़कर ईश्वर से प्रार्थना की कि वह उनके दोनों लड़कों को उठा ले या खुद उन्हें।

माँ-बेटे का झगड़ा काफ़ी देर तक चलता रहा। आगे भी चलता लेकिन भोजन के बाद दोनों को अलग कर दिया गया। लड़का जाकर चारपाई पर लेट गया। उसी समय पिताजी आफ़िस से लौटे और उससे जल्दी सोने की वजह पूछी, तो उसने कहा, क्योंकि सुबह जल्दी उठकर गाड़ी पकड़नी है। मैं अपने कमरे में आ गया। पढ़ने लगा। इधर मैंने एक संस्था के सर्वे कार्यक्रम में काम किया था। उससे मिले दो हज़ार रुपयों की किताबें खरीदी थीं। उन्हें मैं छुट्टियों में ख़त्म कर लेना चाहता था। मैंने डेढ़-दो घण्टे पढ़ाई की। मैं पानी पीने के लिए उठा। लौटा, तो देखा, अंजली भी चौका-खाना के काम से निवृत्त होकर कमरे में आ गई थी और पढ़ रही थी। वह मुझसे ज्यादा देर जागकर पढ़ती थी पर पढ़ने की स्पीड तेज़ होने के कारण पढ़ाई में मैं पिछड़ता नहीं था।

मैंने सोचा, दो-चार मिनट बातें हो जायें, तो बुरा नहीं। अंजली से कहा, "क्या हाल-चाल हैं बड़ी अम्मा के ?"

"बड़ी विचित्र हैं। तुम जब कमरे में आए, तब रो रही थीं न। लेकिन थोड़ी देर बाद पिताजी से वो-वो मज़ाक़ शुरू किया कि क्या कहना। मैं अभी आ रही थी न, उसके थोड़ा पहले अम्मा से कह रही थीं कि दुल्हिन अब नया ज़माना आ गया है। चलो अब अपनी शादी की सालगिरह मनाया करें और ताली पीट-पीटकर हँसने लगीं। अम्मा ने कहा, "जीजी ये सब नये ज़माने के लोगों को ही शोभा देता है।" इतना सुनते ही बड़ी अम्मा का चेहरा फक हो गया। वह अपने लड़कों के नाम पर सियापा करने लगीं। लड़के की फ़िल्म वाली बात पर अभी तक नाराज़ हैं लेकिन बता रही थीं कि उन्होंने भी देखी हैं फ़िल्में। एक नहीं चार। मेरा साया, रामराज्य, सती अनसूय्या और हक़ीक़त। तो ऐसे हैं उनके हाल-चाल। समझे कि नहीं समझे नये ज़माने के लड़के।" अंजली बेसाख़्ता हँसने लगी। उसकी जल्दी न रुकने वाली हँसी मशहूर है।

मैं कुछ कहने वाला था कि देखता हूँ, बड़ी अम्मा तेल की शीशी लिये चली आ रही हैं, "लाओ अजय, तुम्हारे सिर में तेल ठोंक दूँ। आज के ज़माने के लड़के-लड़की तो फ़ैशन के मारे हैं। सूखा बाल रखेंगे।"

मेरे न-न कहने के बावजूद तेल से मेरे सिर को सींच दिया और अपने खुरदरे

हाथों से दबाने लगीं। दबाती रहीं। अंजली पढ़ने में मशगूल हो गई। बड़ी अम्मा के हाथ में कुछ बाल आ गए। मेरे बाल टूटते थे। बड़ी अम्मा चिंतित हो गईं, ''बताओ। यह भी कोई बात हुई। न शादी हुई अभी न ब्याह और बाल टूटने लगे। अच्छा ऐसा करो कि पंसारी की दूकान से हरताल लाकर घिसो और फिर उसे उँगली के पोरों से लगाकर खोपड़ी पर रगड़ा करो। रुक जाएगा। न मिले हरताल, तो प्याज़ का रस लगाओ। इसके अलावा काली मिट्टी से सिर धोया करो। सुबेरे उठकर त्रिफला का पानी पिया करो और...

अंजली को छींक आ गई और उसने नाक सुड़का। उसका जुकाम बढ़ गया था। बड़ी अम्मा ने आदेश दिया, ''कल अपने पिताजी से कहकर लौहचारा मँगवाओ। उसका कढ़ा बना दूँगी। एक दिन में जुकाम क्या, जुकाम का बाप भी छूमन्तर हो जाएगा।''

उनकी एक और योग्यता से हम अवगत हो रहे थे। लग रहा था कि संसार में ऐसा कोई रोग नहीं है, जिसको वह क्षणभर में चुटकी बजाकर ग़ायब न कर दें।

हम उनकी हक़ीमी से बोर होने लगे। फिर हमें पढ़ाई न कर पाने से भी बेचैनी थी। हम चाहते थे कि वह कितनी जल्दी कमरे से दफा हो जाएँ लेकिन वह इतमीनान में थीं। वह बोलती रहीं और हमारी चैतन्यता हलाल होती रही। उनको क्या ? वह तो मगन थीं, बोलती जा रही थीं। उन्हें मज़ा आ रहा था।

उनको यहाँ इलाज से फ़ायदा हुआ। वह यहाँ रमने लगी थीं। बहुत कम ऐसे मौक़े होते, जब वह अपने पति या बच्चों का ज़िक्र करतीं। हाँ सीता इसकी अपवाद थी।

अब जाकर हमें पता चला था, उनके व्यक्तित्व में विलक्षणताएँ ही विलक्षणताएँ हैं। वह चारपाई पर लेटकर कुछ सोच रही होतीं, तभी यकायक गाने लगतीं, ''आ जा मेरी बरबाद मुहब्बत के अफ़साने।'' या कोई दूसरा गाना, जैसे झूम बराबर झूम शराबी। उनके गायन में ख़ासियत यह थी कि वह एक ही पंक्ति बार-बार दोहरातीं इस उत्साह के साथ, गोया वे नई-नई हों। पहली बार उनकी इस प्रतिभा का सामना करने पर अंजली हँस पड़ी थी, तो उन्होंने मुँह फुला लिया था। तब से हम लोग इस मसले को लेकर बड़े जागरूक रहते कि वह कहीं अपना अपमान महसूस न करें। लेकिन उनमें कोई ग्रंथि थी जैसे। घर में कहीं लोग बातें करते तो उन्हें लगता उनका और उनके परिवार का मज़ाक़ उड़ाया जा रहा है। या निन्दा हो रही है। प्रायः वह कह भी देतीं, ''क्या मैं जानती नहीं कि हमारे बच्चे किसी को अच्छे नहीं लगते। मैं भी तो किसी को फूटी आँख नहीं सुहाती। लेकिन क्या करूँ ? सब ऊपर वाले की कारस्तानी है।'' इतना कहने के बाद उनका बोलना-चालना बेहद कम हो जाता, किंतु मामूली समय के लिए। वह फिर हँसने लगतीं। बकबकाने लगतीं और गातीं—आ जा मेरी बरबाद मुहब्बत के अफ़साने...

उनकी खुजली वाली बीमारी ठीक हो रही थी लेकिन जीभ की खुजली नहीं ठीक हो रही थी। वह पटर-पटर बातें करतीं और अपनी बेवक़ूफ़ियों से हँसातीं। कुछ तो वह पगलेट थीं ही, दूसरे उनके पगलेट-पन पर लोग ख़ुश होते थे इसलिए उसमें वृद्धि भी कर देती थीं। मैंने और अंजली ने कुछ दिनों तक इसे झेला मगर कब तक ? हम पढ़ने-लिखने वाले भाई-बहन थे। उनके कार्यक्रमों से मुँह चुराकर पढ़ाई-लिखाई में जुट गए। वह आतीं भी, तो हम पढ़ते रहते या वैसी ही बातें करते। जब कई बार ऐसा हुआ तो उन्हें शायद नागवार लगा। एक दिन वह हमारे कमरे में आयीं और भरे गले से कहने लगीं, "क्या मेरा इस घर में रहना तुम दोनों को अच्छा नहीं लग रहा है ?" हम हड़बड़ा गए। एक साथ बोले, "क्या कह रही हैं आप ?"

"और नहीं क्या, कभी हमसे बतियाते नहीं। बहाना मारकर इस मुँहझौंसी किताब में डूबे रहते हो।"

हमने उन्हें समझाया, "अगर हम लोगों में आप कुछ अच्छाइयाँ पाती हैं या हम लोग अगर आपको प्यारे लगते हैं, तो इसमें इन किताबों का बहुत बड़ा हाथ है।"

जैसे हमने कोई मूर्खता भरी बात की हों, वह हँस दीं, "पढ़ा से ज़्यादा बड़ा होता है कढ़ा। हम कौन-सी किताब पढ़े हैं। हमारे लिए करिया अक्षर भैंस बराबर लेकिन सब जानते हैं।"

अंजली मुस्कराई, "क्या जानती हैं बड़ी अम्मा आप ?"

"मैं ! अरे तुम लोग जो रूस-अमेरिका किए रहते हो न, जानते हो ?"

"क्या ?"

"अमेरिका में गेहूँ समंदर में झोंक देंगे लेकिन ग़रीबों में नहीं दे सकते। रूस में बूढ़ों को गोली मार दी जाती है।"

अंजली ने कहा, "आपकी पहली बाली बात सच है लेकिन दूसरी वाली ग़लत।"

मैंने बोलना शुरू किया, "बड़ी अम्मा, आपने दोनों बातें कान से सुनी हैं। कान से सुनी बात आधी ग़लत होती है, आधी सही। किताबें इस गड़बड़ी को दूर करती हैं।" मैं मुस्कराया।

वह अपनी हार स्वीकार करने के मूड में नहीं थीं, "अरे क्या जानते हो तुम लोग। एक बार सिल को देवीजी निकल आई थीं। सारे मुलुक की सभी सिलों से ख़ून आने लगा। और, एक बार एक महात्मा का बाल पकड़कर खींचा गया। उसने कहा, जाओ हर रामायण में मेरे बाल निकलेंगे। खोल लो कोई रामायण। ज़रूर बाल निकलेगा। औ औ, डाकू जग्गड़ सिंह को हनुमान स्वामी सिद्ध हैं। वह अमीरों को लूटकर ग़रीबों में बाँट देता है...।" वह बेहद आवेश में बोल रही थीं।

मैंने और अंजली ने भरपूर श्रद्धा का भाव प्रकट करते हुए अत्यन्त विनम्रतापूर्वक

उनकी बातों के झूठ को उजागर किया। हमने देखा, हमारी बातों से वह हल्की-सी ख़ुश हुईं। चेहरे पर आश्चर्य और सन्तोष की रेखाएँ भी चमकीं लेकिन उन्हें प्रकट करने में उन्होंने अपनी हेठी समझा और "तुम लोग की बात निराली है" कहती हुई चली गईं।

उनके पलायन से उत्साहित होकर मैंने सोचा, मेहनत किया जाय, तो इनके दिमाग़ का अँधेरा छँट सकता है। पर कोई बेतुका-सा तर्क देकर टाल गया। कौन इस झमेले में पड़े। समझ भी लेंगी मुँह पर मगर पीठ-पीछे फिर अपना राग अलापेंगी। क्या फ़ायदा मग़ज़ खपाने से। झूठ-मूठ में परेशान करेंगी।

परेशानी की बात पर याद आयी, कुछ दिनों पहले की बात, जब उन्होंने हमारी अम्मा को परेशान कर रखा था। हमारी अम्मा धीर-गम्भीर हैं। उनकी पीठ में दर्द था तब। सो वह घर के बाहर नहीं निकलती थीं। ज़्यादातर घर में ही रहतीं। बड़ी अम्मा को यह रास नहीं आया। उन्होंने उनसे बाहर निकलने की पेशकश की। पड़ोसियों के घर आने-जाने की सलाह दी। इतने तक उन्होंने परेशान किया। फिर इष्ट-फल न मिल सकने की वजह से स्वयं जनसम्पर्क शुरू किया था...।

इन सबके बावजूद उनमें न जाने ऐसी क्या बात थी कि हमें उनसे अपनापन होता जा रहा है। हम भूलने लगे कि हमारी बचपन की तक़लीफ़ों की जननी वही थीं। अंजली हैरान थी कि यह पागल-सी अनपढ़ बड़ी अम्मा कैसे घर में अपनी छाप गाढ़ी करती जा रही हैं ? उधर बड़ी अम्मा ने अब बाक़ायदा हमें जानने और अपना बनाने की मुहिम और तेज़ कर दी। एक दिन उन्होंने ख़ुद खाना बनाया और उसके ज़ायके के बारे में हमारी राय माँगी।

हमने उसे बेस्वाद नहीं बताया लेकिन कहा, जितनी मशक्क़त की गई है, उस हिसाब से कोई ख़ास भी नहीं है। उन्हें चोट पहुँची। उन्होंने हमारी रुचियों की खोज़ शुरू की। अब प्रायः अंजली के हाथ से रसोई ले लेतीं और हमारी जीभ को तुष्ट करतीं।

एक दिन वह घर से गायब हो गईं।

पौन घण्टा बीत गया। पास-पड़ोस में तलाशा गया लेकिन वह नदारद। पिताजी आफ़िस से आ गए थे और हम पर गुस्सा हो रहे थे। मैं शहर में खोजने के लिए निकल ही रहा था कि वह घर की डोलची लटकाये हुए नमूदार हुईं। हमारी चिन्ता सुनकर वह हँस पड़ीं। ठहाका वाली हँसी। उन्होंने कहा, "लो देखो ये क्या लाई हूँ।" अंजली ने डोलची से सामान निकाला। समोसे थे। ख़ुशी से लट्टू हो गई। वह समोसों की पक्की दुश्मन थी। दो रोटियाँ खानेवाली वह सात-आठ समोसों का संहार कर सकती थी। अगले ही क्षण मेरी आत्मा लोट-पोट होने लगी, बड़ी अम्मा ने कालाजाम लाए थे। हम दोनों का प्रिय खाद्य पदार्थ लेने वह घर से गुम हुई थीं। थोड़ी देर पहले उनको लेकर घर में जो रोष था, उसको सोचकर कम से कम मेरा और अंजली

का सिर शर्म से झुक गया।

चीज़ें हमारे सामने रखी थीं लेकिन हमें यक़ीन नहीं हो रहा था कि वे बड़ी अम्मा की ख़रीदी हुई हैं। क्योंकि बड़ी अम्मा नंबर एक की मक्खीचूस थीं। कंजूस थीं। आख़िर उनकी जेब से पैसा निकला कैसे ?

हमने अन्दाज़ा लगाया कि हमारे प्रति उनके लगाव की ज़मीन बड़ी हो गई थी। हमको लेकर उनके ममत्व का पौधा वटवृक्ष हो गया था। उनका यह वटवृक्ष सप्ताह भर बाद ही इतना विशालकाय हो गया कि हम आज़िज़ आने लगे। अंजली को गोरी-चिकनी बनाने के लिए वह दूध से मलाई निकालकर रखने लगीं। मेरी दाढ़ी की वजह पूछने पर आमादा हो गईं। रोज़ मुझे नाई की दूकान पर जाने की सलाह देतीं, मुझको और अंजली को घरेलू कार्यों से बेदख़ल करने लगीं। पूछने पर कहतीं, "तुम लोग पढ़ो-लिखो। ख़ूब मेहनत करो और नाम कमाओ।" उनकी इस बात में मुझे रहस्य का आवरण दिखाई पड़ता। उनके अध्ययन विरोधी दृष्टिकोण में यह क्रान्तिकारी परिवर्तन कैसे हो गया ? पढ़ाई को बच्चों के विनाश का कारण माननेवाली वह हमारी पढ़ाई की पक्षधर कैसे बन गईं ? मैं इस रहस्य के भीतर की सच्चाई को जानना चाहता था। उनके बदलाव के कारणों का सुराग लगाना चाहता था लेकिन इनसे जुड़े सवालों और आशंकाओं को अन्ततः अपनी व्यस्तता के कूड़ादान में फेंक देना पड़ा। क्योंकि जल्द ही विश्वविद्यालय खुलने वाला था।

विश्वविद्यालय में मैं और अंजली बुद्धिजीवी के साथ-साथ राजनीतिक भी थे। स्वभावतः जैसे हर जगह स्त्रियाँ पुरुषों के बराबर नहीं मानी जातीं, वैसे ही अंजली के साथ भी था। वह मुझसे कम न थी किंतु मुझसे कमज़ोर मानी जाती। शायद इसी मुक़ाबलाबाज़ी से बचने के लिए उसने अपना क्षेत्र लड़कियों के बीच चुन रखा था। फिर भी वह स्त्रीवादी नहीं थी। ज़रूरत पड़ने पर मज़दूरों के जुलूस में भी शामिल होती थी। वह युवाशक्ति के मुकुट की मणि थी लेकिन हम समझदार लोगों के बीच दोयम दर्जा की नागरिक थी।

अब कोई भी समझ सकता है, हमारी समयाभाव की समस्या को। हम एक साथ कई मोर्चों पर सक्रिय रहते थे। हमारा घर का समय भी आवारा नहीं होता था। छुट्टियों में चले गए दोस्त अब उड़ गए परिन्दों की तरह बारिश में लौट आए थे। पढ़ाई से कुपटा गया समय उनके साथ बहसों में बीतता। चाय बनाने और लाने से शेष समय में अंजली भी बहस में शरीक होती। हमारा घर साइकिल स्टैंड हो गया था। हमारा घर कॉफ़ी हाउस हो गया था। लोग जैसे कॉफ़ी हाउस में अपनी टेबल से बाहर के संसार को बतकही में भूल जाते हैं, उसी तरह हम भी अम्मा-पिताजी और बड़ी अम्मा को भूल गए थे। जैसे वे चाय ख़त्म कर लेने के बाद रखे चाय के प्याले हों।

लेकिन बड़ी अम्मा तो बड़ी अम्मा ! कब क्या कर बैठें, क्या गुल खिला दें,

कोई नहीं बता सकता।

वह हमारे कमरे के दरवाजे के पास खड़ी हो जातीं और कान लगाकर बातें सुनतीं। अचानक वह बेइन्तिहा धैर्यवती हो गई थीं। घंटों हम लोगों की बातों की मूक श्रोता बनी रहतीं। इस बात की तरफ़ मेरा ध्यान अंजली ने दिलाया था और तब मैंने दो-चार बार टोका भी, क्यों ऐसे खड़ी हैं किंतु वह 'कुछ नहीं' कहकर जल्दी से हट जातीं और थोड़ी देर बाद हम फिर दरवाजे पर लटकते पर्दों के नीचे उनके पैर पाते।

एक दिन अंजली चाय बनाने के लिए भीतर गई, तो तुरन्त लौट आई। उसको बड़ी अम्मा ने धक्का देकर वापस भेज दिया था। कहा था, वह खुद चाय बनाकर ला रही हैं। तब तक जाकर वह लड़कों को बहस में पछाड़े। लड़कियों की इ़ज़्ज़त बढ़ाए। बड़ी ख़ुश थीं। और वह सचमुच चाय की ट्रे लेकर नमूदार हुईं। रखकर जाने लगीं, तो मैंने रोक लिया और उनका दोस्तों से परिचय कराया। सभी दोस्त खड़े हो गए। उनके बैठने पर ही बैठे। उनका हाल-चाल पूछा। वह दोस्तों से निहाल हो गईं। वैसे वह पर्दे की ओट में भी हम लोगों से कम ख़ुश नहीं थीं शायद। यह सामने रखी चाय में दूध और चीनी की अपरम्पार मात्रा सिद्ध कर रही थी।

अगले दिन चाय के साथ तले हुए पापड़ भी हमें नसीब हुए। लेकिन इस बार बड़ी अम्मा आईं, तो उठी नहीं। पूरे समय तक हम लोगों को देखती और सुनती रहीं। सुबह मुझे भिगोया हुआ चना मिलने लगा। कभी-कभी भिगोया हुआ गेहूँ मिलता। परिणामस्वरूप युनिवर्सिटी खुलते ही मेरा स्वास्थ्य जो झटक जाता था, वह यथावत रहा इस बार।

अंजली के सिर में रोज़ रात तेल पड़ने लगा। यह अलग बात कि इसी कारण अब वह हफ्ता में तीन बार शैम्पू करने लगी थी। हाँ इतवार के दिन बड़ी अम्मा उसे बुकआ लगातीं, तो वह प्रसन्न हो जाती।

दोस्तों में वह लोकप्रिय हो गई थीं। कोई दोस्त अधिक दिनों तक ग़ैरहाज़िर रहता तो जैसे बड़ी अम्मा उसके बारे में पूछतीं, वैसे वह भी पूछता। लेकिन एक बात मैं महसूस कर रहा था कि बड़ी अम्मा अंजली की सहेलियों का जितना ख़्याल करतीं उतना हमारा नहीं। शायद इसका कारण यह था कि अंजली की सहेलियों के बीच वह श्रोता ही नहीं होतीं बल्कि प्रायः वक्ता भी बन जाती थीं। यह ज़रूर था कि उनकी बातें हमेशा अपनी बेटी सीता के बारे में होतीं। उन्होंने इतना कुछ बता डाला सीता के बारे में कि वह कभी न मिलने के बावजूद इन लड़कियों की पक्की-सच्ची दोस्त बन गई थी। इतनी अच्छी दोस्ती सीता शायद अकेले अपने बूते नहीं बना सकती थी। लेकिन इतना ज़रूर कहूँगा कि जब हम दोनों के दोस्त साथ-साथ होते, यानि लड़कों-लड़कियों का सम्मिलित जमावड़ा होता, उस समय बड़ी अम्मा दो अक्खीं नहीं करती थीं....।

बड़ी अम्मा केंचुल बदल रही थीं। नित नवीन होती जा रही थीं। उनकी नूतनता ने मुझे भौचक कर दिया था। मैंने उन्हें अपनी पड़ताल का विषय बना लेना मुनासिब समझा। उन पर ध्यान देना आरम्भ कर दिया। बाद में जो नतीजे निकले, वे चौंकाने वाले थे।

वह अपेक्षाकृत चुप रहने लगी थीं। और सोचने लगी थीं। हालाँकि अब भी 'बरबाद मुहब्बत के' और 'झूम बराबर झूम शराबी' गाती थीं। लेकिन ठठाकर हँसती नहीं थीं। यदा-कदा हँसतीं भी तो अचानक चुप हो जातीं और सोचने लगतीं। उनके इस अप्रत्याशित परिवर्तन से पूरा परिवार हैरान था। परेशान था। अलबत्ता उनकी हथेली अब भी नाक पर सुर्रा मारती थी और आँखें बदस्तूर झपकती थीं। इस आदत पर पिताजी मज़ा भी लेते, "भाभी आप मुझे आँख क्यों मारती हैं ?" वह शरमा जाती थीं।

वह अक्सर डोलची लेकर चुपचाप निकल जातीं घर से। घण्टा-डेढ़ घण्टा बाद वापस आतीं, तो उनके मुँह में पान होता, जिसे वह पहले की तरह चबर-चबर नहीं बल्कि मंद-मंद चबा रही होतीं। डोलची में कभी लौकी, कभी मरसा, चौराई का साग या कभी मूँगफली होती।

रात तो रात, दिन में भी वह लंबी-लंबी साँसें छोड़तीं। रात-भर करवटें बदलतीं। बरामदा में सोती थीं, जहाँ ज़रा भी खटका होने पर चिहुँककर अपना जागरण सिद्ध करने लगतीं। अम्मा-पिताजी-अंजली--सभी से उनका संवाद कम हो गया था। वह अपने से ही संवाद करने का सन्देह पैदा करतीं। पूछने पर कुछ बताती नहीं। ज़्यादा कुरेदो, तो दादी, दोनों लड़कों और अपने पति की शिकायतें शुरू कर देतीं। इन दिनों की शिकायतों में भी नयापन था। पहले उनकी शिकायतों में ग़ुस्सा और दुख होते थे लेकिन अब घृणा की भागीरथी उफनती थी। ऐसा विश्वास होता था कि ताज़िन्दगी वह उन लोगों को घृणा करती रहेंगी। कभी माफ़ नहीं करेंगी। उन लोगों ने भी तो हद कर दी थी। दो महीने बड़ी अम्मा को आए हो गए, मगर एक चिट्ठी तक नहीं भेजी। कोई हाल-चाल नहीं दिया। सीता के ख़तों से जो समाचार मिला, बस। गाँव के कुछ लोग इस बीच हाईकोर्ट के मुकदमे में आए थे, उनसे भी कोई सन्देश नहीं भिजवाया। बड़ी अम्मा गाँव से साठ-पैंसठ रुपए लेकर आई थीं। दादा ने पैसा भी नहीं भेजा।

इतनी त्रासदी में भी बड़ी अम्मा ज़बरदस्त होती जा रही थीं। उन्होंने अम्मा-पिताजी की अपने प्रति पुरानी धारणाओं में पलीता लगा दिया था। दोनों उन्हें तहेदिल से चाहने लगे थे। दोनों के मन में उन्होंने दादा और बेटों के लिए नफ़रत के अंगारे दहका दिये थे। मैंने और अंजली ने बड़ी अम्मा की ओर से उनकी फ़जीहत करने के लिए कमर कस ली थी। बड़े विस्फोटक बिंदु पर पहुँच गए थे हालात। बड़ी अम्मा के क्रोध, घृणा और दुख अत्यन्त संक्रामक बन गए थे।

बीती हुई शाम मैंने उन्हें डॉक्टर को दिखलाया था। डॉक्टर ने दुरुस्त बताया और दवाख़ाना की गिरफ़्त से आज़ाद कर दिया। बड़ी अम्मा अपने को निरोग अनुभव कर रही थीं। उनकी खुजली ठीक हो गई थी। केवल कभी-कभी मर्मभेदी खुजलाहट होती। लेकिन यह मृत्यु के पहले की कराह थी। बीमारी मर रही थी। इस प्रकार बड़ी अम्मा को ताज़ादम और चैतन्य होना चाहिए था। उनकी ज़िन्दादिली में इज़ाफ़ा होना चाहिए था। मगर वह उल्टी दिशा में बह रही थीं। वह स्तब्ध, चिन्तित और उदास रहने लगी थीं। हम लोगों की घबड़ाहट की वजह यह थी कि हम जानते थे, हमसे कोई ख़ता नहीं हुई है, फिर वह इतनी बेन्याज़ क्यों ? आख़िर पिताजी ने उनके मनोवैज्ञानिक रोग का प्राकृतिक निदान खोजा। उन्होंने मुझसे कहा, ''देखो इतने दिन हो गए बड़ी अम्मा को आए लेकिन तुमने इनको संगम नहीं नहलाया। ले जाओ संगम। कुछ मन भी बहल जाएगा।''

मैंने कहा, ''बड़ी अम्मा तैयार हो जाओ।''

वाकई उनके चेहरे पर खुशी तैरी और उदासी, दुख-चिन्ता मामूली-सी काफूर हुई। लेकिन आजकल वह इतनी गुत्थीमय हो गई थीं कि उनके ताज़ा मनोभावों पर यक़ीन नहीं किया जा सकता था। फिर भी मैं उत्साह में था। स्कूटर घर से बाहर निकालकर उसका हॉर्न बजाने लगा—पीं...पीं...पीं...ईं...ईं...

बड़ी अम्मा डोलची में कपड़े लेकर आईं और स्कूटर पर बैठ गईं। गली पार होते ही मैंने स्पीड तेज़ कर दी। बड़ी अम्मा से यह मेरी जानी-पहचानी चुहल थी। वह स्कूटर पर बैठतीं और मैं हवा से मुक़ाबला करने लगता, तो वह घबड़ाकर कहतीं, ''धीरे-धीरे चलाओ, कोई जल्दी नहीं है...जल्दबाजी का काम शैतान का काम होता है...?'' और मैं सामान्य गति से चलाने लगता।

आज उन्होंने कुछ नहीं कहा, तो मैंने चौंककर कहा, ''बड़ी अम्मा कुछ कह नहीं रही हैं आप ?''

''आज नहीं कहूँगी धीमा करने को। बढ़िया लग रहा है।''

एक बेहतरीन पान की दूकान के सामने मैंने स्कूटर रोक दिया, ''बड़ी अम्मा आपको बहुत चौचक पान खिलाता हूँ आज।''

मैं पान लेकर आया, तो देखता हूँ, वह लिमका की दो बोतलें पकड़े खड़ी हैं। हम लिमका पीने लगे। पान की पुड़िया स्कूटर की सीट पर पड़ी थी। पैसा उन्होंने पहले ही दे दिया था। बोतल लौटाकर मैंने कहा, ''तो चला जाय अब संगम।''

उन्होंने शरमाते हुए कहा, ''सुन।''

''क्या बात है ?'' मैं क़रीब आ गया।

''देख संगम तो मैं एक बार नहा चुकी हूँ। फिर मन चंगा, तो कठौती में गंगा।''

''कहना क्या चाहती हैं आप ?''

‘‘संगम की जगह मुझे अजायबघर, हाथी पार्क, खुसरो बाग़, क़िला और जहाँ चन्द्रशेखर आज़ाद अंग्रेजों को मारकर अपने को दाग लिए थे...दिखा दो।’’

‘‘वाह...वाह बड़ी अम्मा।’’ मैं चिल्लाया, ‘‘ज़िन्दगी में पहली बार आपने कोई क़ायदे की बात की है। मैं सभी कुछ दिखाऊँगा। मैं आपको सभी कुछ दिखाऊँगा... ।’’

हम शाम तक घूमते रहे। घर आए, तो बल्ब, चिराग़ वग़ैरह जल चुके थे। उस समय बड़ी अम्मा की ख़ुशी देखने लायक़ थी।

लेकिन दो-तीन दिनों बाद उनकी ख़ुशी फिर लुप्त हो गई। वह पहले से भी ज़्यादा दुखी, चिंतित और उदास रहने लगीं। कम बोलतीं थीं और सोचती रहती थीं।

फिर भी वह हमारे दोस्तों के बीच बैठने से बाज़ नहीं आती थीं।

मैंने उनको पूरा इलाहाबाद घुमा डाला। सचमुच वह शिशु के उत्साह से सारी चीज़ें देख रही थीं।

मैंने उनको सिविल लाइन्स की दूकान पर शुद्ध देशी घी की चाट खिलानी चाही।

उन्होंने कहा, ‘‘नहीं, मुझे इलाहाबाद की मशहूर चीज़ें खिला दो।’’

‘‘क्या-क्या ?’’

‘‘पैसा मेरे पास नहीं रह गया है। तेरे पास है न ?’’ उन्होंने झिझकते हुए कहा।

‘‘हाँ बड़ी अम्मा, आप हुकुम तो करिए।’’

‘‘मैं इलाहाबाद का अमरूद खाऊँगी। लोकनाथ की गजक खाऊँगी। और वह समोसी, जो पन्द्रह दिनों तक ख़राब नहीं होती।’’

‘‘ठीक है। पर असली चीज़ तो आपने छोड़ ही दी ?’’

‘‘क्या ?’’

‘‘लोकनाथ की भाँग।’’ मैं हँसा।

‘‘चल वह भी खिला दे।’’ मुझसे कम तेज़ नहीं हँसीं वह।

आज भी घर लौटीं, तो बेतहाशा उल्लास में थीं। भाँग थोड़ी-सी चढ़ गई थी, इसलिए कुछ ज़्यादा ही हँस रही थीं। दिन भर ख़ूब खाने के बाद भी पर्याप्त खाना खाया और सो गईं।

भाँग के नशे में वह सोयी थीं, तो सुबह पिताजी के आफ़िस जाने के बाद ही जगीं। जगने के काफ़ी देर बाद तक वह बिस्तर पर लेटी रहीं।

नहा-धोकर पूजा-पाठ करने के बाद चाय पीने लगीं, तो गुमसुम-सी लगीं। दो-चार मिनट बीतने पर कहती हैं, ‘‘दुलहिन अब मैं घर जाऊँगी।’’ अम्मा हँसीं और हमसे बोलीं, ‘‘देख रहे हो तुम लोग अपनी बड़ी अम्मा को। कह रही हैं कि यहाँ से जाएँगी।

इनकी भाँग अभी तक उतरी नहीं है शायद !'' मेरी अम्मा पद में छोटी होते हुए भी उम्र में बड़ी होने के कारण इस तरह का मज़ाक़ कर लेती थीं।

भाँग वाले मज़ाक़ पर बड़ी अम्मा बोलीं, ''नहीं दुलहिन, नशे में तो इस घर में आने से पहले थी। यहाँ आकर मेरे होश-हवास ठीक हो गए। लेकिन अब जाने दो।'' वह कहीं खो गईं, ''पता नहीं वहाँ क्या हो रहा होगा ? देख तो रही हो, इतने दिन आए हो गए लेकिन कोई ख़बर नहीं ली बाप-बेटों ने।'' अम्मा ने उन्हें रोका ही था, हम भाई-बहिन भी उन्हें रोकने में जुट पड़े। शाम को पिताजी आए, तो वह भी हमारी मोर्चाबन्दी में शरीक़ हो गए। लेकिन बड़ी अम्मा की सरलता और कट्टरता दोनों बेमिसाल थीं। वह टस से मस न हुईं और अपनी घर जाने की टेक पर अड़ी रहीं। उनकी ज़िद ने हमारे घर को, हमारे घर के अनुरोध को मुँह की खिलाई। हम हार गए और वह जीत गईं। हमें इस बात का मलाल था कि इतना सम्मान-अपनापा देने के बावजूद हमारी बात की लाज नहीं रखी उन्होंने। पल भर में हमारी भावनाओं के मीठेपन को धूल धूसरित कर दिया था।

मेरी अम्मा ने बच्चों का खेल शुरू कर दिया, ''अच्छा जीजी, दो-चार दिन और रह लें।''

''हाँ बड़ी अम्मा सात दिन।'' मैं भी उस खेल में शामिल हो गया।

''नहीं अब मैं जाऊँगी।'' उन्होंने दृढ़ता और निर्ममता के साथ कहा।

वाचाल अंजली आवेश में बोली, ''तो यही है आपका हम लोगों से लगाव ! जाइए ! ठीक है जाइए।''

बड़ी अम्मा उसे एकटक देखने लगीं। अचानक उनकी आँखें उमड़ आईं। आँचल के छोर से आँसू पोंछते हुए बोलीं, ''नहीं बिटिया, ऐसी बात मुँह से मत निकाला करो। तुमने हमारा कितना ख़्याल रखा।'' उनकी आवाज़ फँस गई, ''तुम भाई-बहिन को हमारी...उमर लग जाय। भगवान करे, दुनिया का हर लड़का-लड़की तुम दोनों जैसा बने...।''

बड़ी अम्मा ने पलभर में पूरा माहौल ही बदल दिया। हम सभी भीगी हुई आत्मा से विभोर होकर स्तब्ध थे।

''तुम दोनों के दोस्त भी कितने अच्छे हैं...।''

अंजली ने भर्रायी हुई आवाज़ में उनकी बात काट दी, ''और हमारे इलाहाबाद की चीज़ें—क़िला, हाथी पार्क, अजायबघर, कम्पनी बाग़, वग़ैरह-वग़ैरह...?''

उनके होंठों पर मुस्कान खेल गई, ''सब बहुत अच्छा लगा लेकिन तेरी पटर-पटर बातों से कम।''

''और अमरूद, गज़क, समोसी और भाँग ?''

वह हँसने लगीं। हँसते हुए ही अम्मा से बोलीं, ''सुन रही हो अपनी बेटी की बतकही।'' अचानक उन्होंने बात का रुख मोड़ दिया, ''तो हमारी बिटिया रानी तुम

बहुत समझदार और होनहार हो। अपनी ही तरह का लड़का ढूँढ़कर बियाह करना। हमारा दमाद तुमसे उन्नीस न रहे, हाँ और तू।" उन्होंने मुझसे कहा, "तेरी मेम की गोद भराई करने मैं भी पहुँचूँगी। बस बता देना मुझे उसके घर का पता।"

बड़ी अम्मा ने विस्फोट कर दिया था। शादी-विवाह के मामले में उनके ये उद्गार किसी शक्तिशाली बम के धमाके से कम नहीं थे। इस धमाके से माहौल में खिंचा हुआ एक क़िस्म का तनाव पिघलकर भाप बन गया। मैंने सोचा, उनके जाने की बात आई-गई हो गई। मैं निश्चिंत हो चला। लेकिन बड़ी अम्मा अपने हठ का विकराल रूप दिखा देने पर आमादा हो गई थीं। रात को पिताजी से गाँव जाने की माँग दोहराने लगीं। पिताजी ने उनको रोकने की पुरज़ोर कोशिश की किंतु वह दृढ़-प्रतिज्ञ बनी रहीं। वे ऐसे बैठी थीं, गोया भूख-हड़ताल पर हों। धरने पर हों। अडिग, अड़ियल, आदर्शवादी और बेवक़ूफ़ नेता की तरह।

उनकी बात मान लेने के सिवा कोई चारा नहीं बचा था। आख़िरी रास्ता यही रह गया था कि उनकी गाँव वापसी हो जाए।

पिताजी के चेहरे पर कुछ परेशानी दिखी। झिझकते हुए बोले, "अच्छा ठीक है लेकिन मुझे आफ़िस के काम से हफ़्ता भर के लिए बाहर जाना है कल ही। यही दिक़्क़त वाली बात है। वैसे आपको अजय भी पहुँचा सकता है।"

"हाँ बड़ी अम्मा।" मैंने कहा, "परसों युनिवर्सिटी इलेक्शन में अपना कण्डीडेट खड़ा करने की मीटिंग है। उसके बाद जब कहेंगी, पहुँचा दूँगा।"

"मैं तो कल ही जाऊँगी।"

"आप समझ नहीं रही हैं, कैसे जाएँगी ?"

"तुम मुझे यहाँ से बस में बैठा देना। मैं चली जाऊँगी।"

मैंने, अंजली, अम्मा और पिताजी ने जी-तोड़ कोशिश की, वह दो-चार दिन रुक जाएँ लेकिन शिकस्त मिली। हम उनकी बात मानने के लिए बाध्य हो गए।

उनकी बात को मान लेने का निर्णय सुनाया गया, तो वह अम्मा का हाथ पकड़कर रो पड़ीं, "दुलहिन तुम लोग बुरा न मानना। कई दिनों से तबीयत उन लोगों पर अटकी हुई है। रोज़ रात-भर बुरे-बुरे सपने आते हैं। क्या करूँ ? फिर इतने दिन रह भी लिया..."

थोड़ी देर पहले तक हमारे मन में उनको लेकर जो कटुता, झुँझलाहट और गुस्सा के ज़ज्बात उबल रहे थे, वे दिवंगत हो गए। उनकी जगह लगाव की झील बह उठी। जैसे बड़ी अम्मा सिद्धहस्त चित्रकार हों और हमारे दिल कोरे कैनवस, वह जब जैसा रंग चाहें भर दें।

पूरे परिवार को इस बात से शर्मिन्दगी और संकोच था कि वह अकेली गाँव जाएँगी। गाँव वाले क्या कहेंगे ? कैसे-कैसे ताने देंगे ? फिर खुद वह क्या सोच रही होंगी कि इतने निर्मोही हैं ये लोग, अकेले जाने दे रहे हैं। ज़रूर उनके दिल में हमको

लेकर कम-से-कम मुझे और पिताजी को लेकर फाँक पड़ी होगी।

शायद हमारे सन्देह को उन्होंने भाँप लिया था। क्योंकि वह पुरानी वाली पगलेट बड़ी अम्मा बन गईं। इधर-उधर ताका और मेरे सारे गंदे कपड़ों को खूँटियों से उतारकर बाथरूम में घुस गईं। मैं मना ही करता रह गया। उस काम को पूरा करके पिताजी से दिल्लगी के मूड में आ गईं। एकसे बढ़कर एक रसिया मज़ाक़ के तीर वह फेंक रही थीं। बाद में अम्मा को भी इस आयोजन में सम्मिलित कर लिया।

उस रात खाना भी उन्होंने बनाया। मेरे और अंजली के सिर में तेल देना नहीं भूलीं वह।

मेरे सिर में तेल देने के बाद उन्होंने मुझसे सो जाने के लिए कहा और अम्मा के पास चली गईं। उनकी अवज्ञा करते हुए मैं पढ़ने लगा। पढ़ते-पढ़ते कब दिन-भर की थकान ने मेरे ऊपर असर डाला, पता नहीं चला। मैं सो गया। न बिजली गुल की न किताब आलमारी में रखी।

नामालूम मैं कितनी देर सोता रहा, क्योंकि मैं चौंककर जगा था। रोशनी की चौंध की वजह से नींद का नशा तत्काल फरार हो गया। देखा सामने बड़ी अम्मा खड़ी हैं। मैंने आँखें मलते हुए पूछा, "बड़ी अम्मा क्या बात है ?"

"कुछ नहीं ?" उनके चेहरे पर एक विचित्र क़िस्म की रिरियाहट थी। वह नाक खोदती हुई बाहर निकल गईं।

मुझे लगा, मेरी नींद फरार नहीं हुई थी, बल्कि किसी ओट में थोड़ी देर के लिए दुबक गई थी। राड ऑफ करके ज़ीरो पावर का गुलाबी बल्ब जला दिया। लेकिन अब नींद गायब थी। ओट में छुपने के बाद वह भाग गई थी शायद।

मैं नींद के लिए मशक्कत करने लगा। लगभग घण्टे भर बाद झपकी आई होगी कि खटका-सा हुआ और मैं जाग्रत हो गया। बड़ी अम्मा फिर कमरे में आ गई थीं। मैंने उनसे अपना सवाल दुहराया, "बड़ी अम्मा क्या बात है ?" उन्होंने जवाब दुहराया, "कुछ नहीं।" और चली गईं। इस बार उनके चेहरे पर रिरियाहट के स्थान पर डर था।

मेरी नींद लापता हो गई। मेरा आलस्य चुक गया। मैं लेटकर किसी नौसिखिया जासूस-सी सतर्कता के साथ उनके पदचापों की प्रतीक्षा करने लगा।

मैं ऊबने लगा था कि वह आईं। दबे पाँव। मैं सोने का सफल अभिनय कर रहा था शायद।

उन्होंने साड़ी में छुपाया झोला निकाला। चुपके-चुपके मेरी किताबों वाली आलमारी तक पहुँचीं। मैं साँस रोके उन्हें कनखियों से ताड़ रहा था। जैसे खुद मैं चोर होऊँ।

उन्होंने इधर-उधर देखकर कमरे का मुआयना किया। फिर किताबों की क़तारों से बीच-बीच से किताबें निकालकर झोले में रखने लगीं। कुछ देर बाद आलमारी

की किताबों को इस तरह आगे-पीछे कर दिया, जिससे स्थिति पूर्ववत् लगे। वह पंजों के बल धीमे-धीमे चली गईं।

मैं पूरी ताक़त के साथ जग गया था। सोने का सवाल नहीं था। चाहता तो भी नहीं सो सकता था। घड़ी देखी, पौने चार बजे थे। ख़त्म होने वाली रात अंतिम साँसें लेती हुई अपनी मृत्यु की घड़ियाँ गिन रही थी।

एक सवाल था, जो मुझमें घुमड़ रहा था। आख़िर बड़ी अम्मा ने किताबें क्यों चुरायीं ? उनको तो अक्षर-ज्ञान तक नहीं। यह सवाल चौकीदार की उद्दंड सीटियों की तरह, रेल के अनुशासित शोर की तरह मेरी नींद हराम करता रहा।

सिविल लाइन्स का बस अड्डा आ गया। भीतर जाने के लिए स्कूटर मोड़ ही रहा था, कि बड़ी अम्मा ज़ोर से बोल पड़ीं, "देख तेरा दोस्त। बुला ले उसको।" मैंने देखा। जब तक बुलाता, प्रवीण का स्कूटर पहुँच के बाहर हो गया था।

उनकी बस खड़ी थी। ड्राइवर अपनी सीट पर बैठ चुका था। लेकिन उन्होंने कहा, "मैं इस बस से नहीं जाऊँगी।"

"क्यों ? इसमें भीड़ भी तो नहीं है बड़ी अम्मा।"

"क्या तुझे बड़ी जल्दी है जाने की ?" वह खिसिया-सी गयीं।

"नहीं मैं आपके आराम के लिए कह रहा था। ठीक है, दूसरी बस से।"

"सुन एक बात कहनी है तुझसे।"

"क्या ?"

"अच्छा जाने दे।" उनके सफ़ेद बाल हल्का-हल्का उड़ने लगे। पेड़ों ने रुक-रुककर झूमा था।

थोड़ी दूर पर रिक्शेवाले खड़े थे। सामने की पटरी पर एक अधेड़ औरत ज़मीन पर होटल खोले बैठी थी। वहाँ नंगे फटेहाल खाना खा रहे थे। इस तरफ़ चाय-पान और फलों की दूकानें थीं। बगल में सर्किट हाउस में कारें और कार लायक़ लोग। सभी को बड़ी अम्मा टुकुर-टुकुर देख रही थीं। उनकी आत्मा वाले मूवी कैमरे के आँख रूपी लेन्स कभी टिक कर अपना काम करते, कभी बड़ी तेज़ी से घूम जाते। उनको जीवन की लगन लग गई थी।

थोड़ी देर बाद दूसरी बस भी आ गयी। मैंने टीनवाला बक्सा लादकर उन्हें बस में बैठा दिया। उनको खिड़की के पासवाली सीट मिल गई, वह बच्चे की तरह चहक उठीं। अब मैं बस छूटने का इंतजार कर रहा था।

मिनट-भर बीता होगा कि उन्होंने मुझसे कहा, "कुछ खा-पी ले।" मैंने इनकार कर दिया। उन्होंने हठ किया, "जा लस्सी पी ले।"

"पी लूँगा लेकिन एक शर्त ! पैसा आप नहीं देंगी।"

उनके लिए भी कुल्हड में लस्सी लेकर लौटा, तो वह सामने आते-जाते इन्सानों

के सरोवर में डूबी हुई मिलीं।

वह लस्सी पीती जा रही थीं और मुझे देखती भी जा रही थीं। वह मुझे एकटक देख रही थीं।

मुझे लगा, वह मुझसे कुछ कहना चाहती हैं। मैंने पूछा, ''बड़ी अम्मा, आप कुछ कहना चाहती हैं क्या ?''

''नहीं तो।'' उन्होंने ऐसे कहा, जैसे चोरी करते हुए पकड़ी गई हों। कुल्हड़ खिड़की से नीचे गिरा दिया। कुल्हड़ शांत भाव से गिरा और टूट गया।

अब तक मुँह में पान की गिलौरी रखे हुए बस का ड्राइवर भी आ गया था। उसका पान देखकर मुझे बड़ी अम्मा के लिए पान की याद आयी। जल्दी से पान लाने चल दिया।

वापस आया, तो बस स्टार्ट हो चुकी थी। मैंने दौड़कर खिड़की से बड़ी अम्मा को पान पकड़ाया और कहा, ''नमस्ते बड़ी अम्मा।''

मेरी नमस्ते के जवाब में उन्होंने कहा, ''सुन...सुन...तेरी कुछ किताबें मैंने सीता के लिए रख ली हैं....।''

बड़ी अम्मा ने मुँह फेर लिया था। बस की रफ़्तार थोड़ी तेज़ हो हो गयी। मैं स्थिर खड़ा था लेकिन महसूस कर रहा था, मेरे भीतर कोई आँधी दौड़ रही है।

घर पर मैंने अंजली को पूरी दास्तान सुनायी। वह बेतहाशा ख़ुश हो गई। उसने मुझे पैसे दिए और कहा, ''जाओ तुम समोसा-कालाजाम ले आओ। तब तक मैं चाय का पानी चढ़ाती हूँ।''

अंजली ने सीता की समझ में आने लायक कुछ बेहद अच्छी और जरूरी पुस्तकें छाँटी-ख़रीदीं। अगले दिन उन्हें सीता के नाम पार्सल कर दिया।

चिट्ठियाँ लिखने में बेहद आलसी हूँ। लेकिन सीता के ख़तों के जवाब मैं लौटती डाक से देता हूँ। ताज्जबु की बात है न ? नहीं, बिल्कुल ताज्जुब की बात नहीं है। यह उतना ही सहज स्वाभाविक है, जितना सूर्य का उगना और बादल का बरसना !

□□